Para leer al anochecer

CHARLES DICKENS

Para leer al anochecer

Historias de fantasmas

Traducción del inglés de Marian Womack
y Enrique Gil-Delgado

Los Aerolitos de
IMPEDIMENTA

Título original: *To be Read at Dusk*

Primera edición en Impedimenta: noviembre de 2009
Primera edición en este formato: noviembre de 2025

Juan Álvarez Mendizábal, 27. 28008 Madrid

IMPEDIMENTA
Premio TodosTusLibros al Mejor Proyecto Editorial, 2024,
otorgado por CEGAL (Confederación Española de Gremios
y Asociaciones de Libreros)

http://www.impedimenta.es

ISBN: 979-13-87641-31-3
Depósito Legal: M-14999-2025
IBIC: FC

Impresión y encuadernación: Kadmos
P. I. El Tormes. Río Ubierna, 12-14. 37003 Salamanca

Impreso en España en papel 100% procedente de bosques gestionados de acuerdo con criterios de sostenibilidad.

PARA LEER AL ANOCHECER

Uno, dos, tres, cuatro, cinco. Había cinco. Cinco guías sentados en un banco en el exterior del convento que se encuentra sobre el collado del Gran San Bernardo en Suiza, absortos en las cumbres lejanas tintadas por la puesta de sol, como si una considerable cantidad de vino hubiera sido escanciada sobre la cima de la montaña y no hubiera tenido tiempo de hundirse en la nieve.

El símil no es mío. Lo creó para la ocasión el guía de aspecto más imponente de todos, de nacionalidad alemana. Ninguno de los otros le prestó la más mínima atención, como tampoco me la prestaron a mí, que estaba sentado en el banco al otro lado de la puerta del convento fumando mi cigarro, como ellos, y también como ellos contemplaba la nieve enrojecida y el solitario cobertizo cercano, donde los cuerpos de los viajeros tardíos, excavados del mismo, se marchitaban con lentitud, ajenos a la corrupción en aquella región inhóspita.

El vino empapaba la cima bajo nuestra mirada. Al cabo, la montaña se coloreó de blanco, y el cielo de un intenso azul. Arreció el viento, y el aire trajo un frío punzante. Los cinco guías se abotonaron sus ásperos abrigos. Hice lo propio, no existiendo hombre cuyas acciones sean más fiables de ser imitadas en aquellas circunstancias que un guía.

La imagen de la montaña bañada en el crepúsculo había producido un alto en la conversación de los cinco guías. Se trataba de una luz sublime, capaz de detener cualquier charla. En cuanto la montaña dejó de encontrarse bañada por aquella luz, retomaron su charla. No quiero decir con ello que yo hubiera escuchado parte alguna de su conversación previa. En realidad, me había costado sudores escapar del caballero americano que, sentado delante del fuego en el salón para viajeros del convento, había asumido como propia la empresa de ponerme al tanto de la serie completa de sucesos que habían resultado en la acumulación, por parte del Honorable Ananias Dodger, de una de las mayores adquisiciones de dólares que se había producido jamás en nuestro país.

—¡Dios mío! —exclamó el guía suizo, hablando en francés, lo cual yo no considero ser una excusa suficiente para utilizar una palabrota, como parecen hacer otros autores, con la sola consideración de que escribirla en aquel idioma hará que parezca inocente—. Pues si hablamos de fantasmas…

—Pero yo *no* estoy hablando de fantasmas —apuntó el alemán.

—¿Entonces de qué está hablando? —preguntó el suizo.

—Si yo mismo supiera de lo que hablo —dijo el alemán—, entonces con toda probabilidad sabría bastantes más cosas de las que sé.

La consideré una respuesta intrigante, y despertó mi curiosidad. Así que cambié mi posición arrimándome al extremo de mi banco más próximo a ellos, de manera que, al apoyar mi espalda sobre la pared del convento, me fuera posible escucharles a la perfección sin que ellos se dieran cuenta de que los atendía.

—¡Rayos y truenos! —exclamó el alemán, animándose—. Cuando una persona en concreto planea hacerte una visita de forma inesperada, y sin que él lo sepa envía a algún mensajero invisible para que intuyas su próxima aparición, ¿cómo se le llama a eso? O cuando te encuentras caminando por una calle abarrotada de gente en Frankfurt, Milán, Londres, París, y piensas que alguien que pasa por tu lado te recuerda a tu amigo Heinrich, y luego que otra persona distinta también se parece a tu amigo Heinrich, y de esa manera comienzas a sentir una singular premonición de que de un momento a otro te encontrarás con Heinrich en persona, lo cual acontece en efecto, aunque hasta entonces estabas convencido de que se encontraba en Trieste… ¿Cómo le llamarían ustedes a *eso*?

—No es que sea poco común lo que usted apunta —murmuraron el suizo y los otros tres.

—¡Poco común! —dijo el alemán—. Es tan común como las cerezas en la Selva Negra. Es tan común como los macarrones en Nápoles. ¡Y hablando de Nápoles! Eso me recuerda a algo. Cuando la anciana marquesa Senzanima se estremece durante una partida de cartas en Chiaja (yo mismo vi cómo se estremecía de terror, ocurrió mientras trabajaba con una familia de Baviera, y daba la casualidad de que aquella noche era yo el encargado de servir a los invitados), como digo, cuando la anciana marquesa se levanta de la mesa de cartas, con la palidez trasparentándose a través de sus mejillas sonrosadas de afeites, y grita: «¡Mi hermana de España está muerta!», y cuando resulta que esa hermana *de verdad* ha muerto, y que además fue en aquel preciso instante en que la marquesa se levantó cuando ella falleció…, ¿cómo le llamarían ustedes a *eso*?

—O también cuando la sangre de san Jenaro se vuelve líquida a petición del clero, como todo el mundo sabe que ocurre en mi ciudad natal con anual regularidad —apuntó el guía napolitano tras una pausa, con una mirada divertida—, ¿cómo le llamarían ustedes a eso?

—¡A eso! —gritó el alemán—. Bueno, creo que conozco un nombre para eso.

—¿Milagro? —preguntó el napolitano, con la misma cara maliciosa.

El alemán se limitó a fumar y a reírse, y todos los demás fumaron y se rieron.

—¡Bah! —dijo el alemán al cabo—. Yo hablo de cosas que ocurren de verdad. Cuando quiero ir a ver a un ilusionista, pago para ver a uno que valga la pena. Cosas muy raras ocurren que no tienen nada que ver con los fantasmas. ¡Fantasmas! Giovanni Baptista, cuenta tu historia sobre la novia inglesa. No aparece ningún espectro en ella, pero desde luego sí que pasan cosas igual de extrañas. ¿Me dirá alguien de qué se trata?

Como todos se quedaron en silencio, miré a mi alrededor. El que me había parecido ser ese tal Baptista estaba encendiéndose otro cigarro. Al poco comenzó a hablar. Juzgué que debía de ser genovés.

—¿La historia de la novia inglesa? —dijo—. *Basta!*, no debe darse naturaleza de historia a algo que tiene tan poca importancia. En fin, pueden ustedes pensar lo que quieran, pero ocurrió de verdad. Mírenme con atención, caballeros: ocurrió de verdad. No es oro todo lo que reluce, pero lo que voy a contarles es cierto.

Repitió la misma salmodia más de una vez a lo largo de su narración.

Hace diez años, llevé mis credenciales a un caballero inglés que se hospedaba en el Long's Hotel, en Bond Street, en Londres. El caballero estaba a punto de iniciar un viaje; puede que se tratara de un viaje que durase un año entero, o tal vez dos. Mis referencias le agradaron, y también mi persona. Accedió a informarse sobre las mismas y encontró favorables los testimonios recibidos. Me contrató, pues, durante seis meses renovables por otros tantos, concediéndome una generosa asignación.

Era un muchacho apuesto y de temperamento muy alegre. Estaba enamorado de una joven y hermosa dama inglesa, la cual poesía una fortuna adecuada y, por lo tanto, estaban a punto de contraer matrimonio. Para acortar la historia, el viaje que íbamos a emprender era precisamente el de bodas. Con el objeto de descansar durante tres meses en algún lugar de clima cálido —faltaba muy poco para la estación estival—, mi amo había alquilado una vieja casa en la Riviera, junto a la carretera de Niza y a una distancia apropiada de mi ciudad natal, Génova. ¿Conocía yo el lugar?, me preguntó. Sí. Le dije que lo conocía bien. Se trataba de un viejo palacio rodeado de extensos jardines. Aunque tenía un aspecto algo desangelado y resultaba un poco oscuro y sombrío al estar protegido por numerosos árboles, era espacioso, histórico e imponente, además de encontrarse a orillas del mar. Entonces él me dijo que quienes le habían descrito el lugar lo hicieron exactamente en los mismos términos, y que se alegraba de que yo también corroborara su impresión inicial. En cuanto a la escasez de mobiliario, dijo que todos los lugares de ese estilo solían tener el mismo inconveniente, qué se le iba a hacer. Y en cuanto a su atmósfera lúgubre, afirmó haberlo alquilado principalmente por los jardines arbolados, puesto que tanto él como mi señora planeaban guarecerse durante los meses de verano a su sombra.

—¿De manera que todo está en orden, Baptista? —me preguntó.

—Indudablemente, *signore;* todo va de maravilla.

Para nuestro trayecto disponíamos de un carruaje construido especialmente para ese viaje, que contaba con todas las comodidades. Todo lo que llevábamos con nosotros era igualmente de la mayor calidad, y no echábamos en falta ninguna otra cosa. Los jóvenes se desposaron finalmente. Eran felices. Yo era feliz también al considerar el resplandeciente futuro que nos aguardaba, y al encontrarme en una posición tan encomiable. Además, viajábamos en dirección a mi ciudad natal, y yo aprovechaba para irle enseñando mi idioma, entre los retumbos del coche, a la doncella, *la bella* Carolina, cuya alma se encontraba rebosante de alegría, y que además era joven y tenía rosas en las mejillas.

El tiempo pasó volando. Sin embargo, pronto comencé a observar —¡escuchad esto, os lo ruego! (y aquí el guía bajó la voz)—, comencé a observar, digo, un extraño comportamiento en mi señora que la sumía de tarde en tarde en sombrías meditaciones, como si algo la aterrorizase o la hiciera infeliz; una sombra de incertidumbre y de alarma cerniéndose sobre ella. Creo que comencé a percibir aquel sombrío comportamiento una tarde en que el señor se había adelantado y yo me encontraba caminando colina arriba a un lado del carruaje. En cualquier caso, recuerdo haber confirmado mi primera impresión de que algo extraño le pasaba no mucho después. Discurríamos por algún lugar situado al sur de

Francia, y entonces ella, presa de un gran nerviosismo, me pidió que llamase urgentemente al señor; él regresó al punto y caminó a su lado durante un largo trecho. Vi cómo mi amo le hablaba con ternura y le daba ánimos, la mano de él sobre la ventana abierta, y la de ella sobre la de él. De vez en cuando se reía con despreocupación, como si tratara de aliviarla de algo a la fuerza. Poco a poco ella también comenzó a reírse, y al cabo todo volvió a la normalidad.

Era algo curioso que me mantenía intrigado. Pregunté a *la bella* Carolina, su menuda y bonita doncella: ¿acaso se encontraba su señora mal?

—No.

—¿Tal vez algo triste?

—No.

—¿Le dan entonces miedo los caminos dudosos, o quizá los bandidos?

—No.

Y lo que lo hacía todo incluso más misterioso si cabía era que la muchachita nunca me miraba a los ojos mientras me respondía; al contrario, se limitaba a *otear el paisaje* al otro lado del cristal.

Sin embargo, un día me reveló el secreto.

—Si de veras quiere saberlo —me dijo Carolina—, me parece, por todo lo que he podido ver y escuchar, que la señora se encuentra *hechizada*.

—¿Hechizada? ¿A qué te refieres?

—Por soñar con una cosa.

—¿Con qué cosa?

—Con una cara. Durante las tres noches que precedieron a su boda soñó con una cara; era siempre la misma cara, nunca cambiaba.

—¿Se trataba de algún tipo de rostro lúgubre quizás?

—No. Era la cara morena de un hombre de aspecto raro, vestido de negro, con el pelo oscuro y un bigote de color gris. Un hombre apuesto, excepto por el aire que lo acompañaba, de reserva y secretismo. Según sé, mi señora no había visto aquella cara en su vida, ni tampoco se parecía en absoluto a nadie que ella conociera. Pero lo más raro es que aquel individuo no hacía nada en el sueño, se limitaba a mirar a mi señora con fijeza a través de la oscuridad.

—¿Y ha vuelto tu señora a tener ese sueño desde entonces?

—No, no ha vuelto a tenerlo. Pero, ay, el recuerdo... Eso es lo que la acongoja.

—¿Y por qué le preocupa?

Carolina denegó con la cabeza mientras decía:

—Eso es lo que se pregunta el amo —dijo la bella—. Ella misma no lo sabe a ciencia cierta, y se atormenta preguntándose el motivo de su sufrimiento. Pero anoche los escuché. Ella le decía que si por casualidad fuera a encontrarse con un retrato de ese hombre en la casa italiana, una idea que la aterroriza, cree que no podría aguantarlo.

Les doy mi palabra de que me sentí incómodo y algo atemorizado, lo confieso, después de esta charla —dijo el guía genovés—, no fuera a ser que al llegar al viejo *palazzo* nos topáramos con el maldito cuadro. Sabía que la casa contenía innumerables pinturas y, cuanto más nos acercábamos al lugar, mayores eran mis deseos de que toda la galería de retratos hubiera sido arrojada dentro del cráter del Vesubio. Para terminar de arreglarlo, cuando al fin nos íbamos aproximando a la casa, el tiempo se fue tornando desagradable y tormentoso. Los truenos retumbaban en el cielo, y he de decir que el bramido de los truenos en mi ciudad y en los parajes que la rodean, rebotando entre las colinas, resulta de lo más sobrecogedor. Los lagartos entraban y salían presurosos de las hendiduras entre las piedras destrozadas de la muralla del jardín, como atemorizados por algo; las ranas croaban de forma lastimera e hinchaban sus gaznates; el viento procedente del mar gemía; las húmedas arboledas derramaban sus lágrimas sobre nosotros, y en cuanto a los rayos… ¡Por los huesos de san Lorenzo, qué rayos!

Todos sabemos cómo son las casas antiguas que suelen encontrarse en la ciudad de Génova o en sus alrededores: el viento proveniente del mar las ha ido afeando a lo largo de años y más años; los apliques pintados sobre las paredes exteriores se han ido desprendiendo, convirtiéndose en desconchadas escamas de escayola; las ventanas de las plantas más bajas se han ido oscureciendo por la colocación de oxidadas barras de hierro; las malas hierbas se han ido apoderando del patio; los edificios exteriores se han ido echando a perder poco a poco; conjuntos enteros de edificaciones se han ido convirtiendo en ruinas. Pues bien, he de decir que nuestro *palazzo* hacía honor en todos los aspectos a dicha reputación. Había permanecido cerrado durante meses. ¿Meses digo? ¡Más bien años! Lo rodeaba el fangoso hedor de una tumba. El aroma de los naranjos sobre el amplio jardín trasero, y el de los limones que maduraban pegados a la muralla, y también el de diversos arbustos que crecían rodeando una fuente quebrada, habían, de alguna forma, encontrado el camino de entrada a la casa, y ya no hubo modo de que encontraran el camino de salida. Cada habitación estaba invadida por el olor que debía de tener hacía siglos, y que había ido debilitándose confinado entre aquellas paredes. Languidecía en todos los armarios y en todos los cajones. En las habitaciones que comunican los grandes salones, el hedor resultaba agobiante. Regresando a los cuadros, si se le daba la vuelta a alguno de ellos, era posible apreciarlo también agarrado al resquicio de pared que ocultaba, aferrado a ella como algún tipo de murciélago.

Por toda la casa, las celosías estaban cerradas a cal y canto. Dos guardesas vestidas de gris cuidaban del lugar, ancianas y decrépitas; una de ellas se detuvo en el umbral, murmurando y enredando, con un huso en la mano. Era evidente que antes habrían dejado entrar al diablo en persona que un poco de aire puro. El amo, la señora, *la bella* Carolina y yo recorrimos el *palazzo*. Yo inauguraba la marcha, aunque me haya mencionado el último, abriendo las ventanas y las celosías, sacudiéndome, en el proceso, el agua de lluvia que caía por los huecos del techo, los trozos de enyesado y, de vez en cuando, algún que otro mosquito somnoliento o alguna monstruosa, oronda, sanguinolenta araña genovesa.

Cuando conseguía que la luz de la tarde se introdujera en una habitación, el amo, la señora y *la bella* Carolina entraban en ella. Entonces revisábamos uno a uno todos los cuadros, y yo me adelantaba de nuevo hacia la siguiente estancia. La señora parecía aterrorizada en secreto por encontrarse en alguno de esos cuadros con aquel hombre que se le apareció en su sueño; en realidad todos sentíamos lo mismo. Pero, por mucho que inspeccionábamos cada uno de los cuadros, no encontrábamos nada. La Madonna y el Bambino, san Francisco, san Sebastiano, Venus, santa Caterina, ángeles, bandoleros, frailes, templos sumidos en el crepúsculo, batallas, caballos blancos, bosques, apóstoles, dogos… ¿Todos aquellos viejos conocidos hallados en muchas otras ocasiones similares? Así es. ¿Hombres apuestos de piel morena y vestidos de luto que miraban de forma intensa a señoras desde la oscuridad? En absoluto.

Por fin habíamos recorrido todas las habitaciones y revisado todos los cuadros, y entonces salimos a los jardines.

Estaban bastante bien cuidados, ya que estaban alquilados a un jardinero, y eran amplios y con bastante sitio donde guarecerse del sol. En cierto lugar se alzaba una especie de rústico teatro al aire libre. El escenario consistía en una leve pendiente tapizada de verde, y tres hendiduras sobre una cortina frondosa de hierbas aromáticas hacían las veces de bastidores. La señora rebuscó con sus ojos incluso allí, como si estuviera esperando que el rostro se asomase a la escena, pero todo marchó como debía.

—Bien, Clara —dijo el señor en voz baja—, ¿ya te has convencido de que no hay nada? Ahora lo que debes hacer es alegrar un poco esa cara.

La señora, evidentemente, se sentía más animada. Pronto se acostumbraría al sombrío *palazzo* y volvería a cantar y a tocar el arpa, y a pintar copias de los cuadros, y a pasearse con el amo bajo los árboles verdes y los viñedos hasta que el sol se ocultase. No en vano, ella era hermosa. Él era feliz. El amo me diría riéndose, mientras se subía a la grupa de su caballo para su habitual paseo antes de que ardiese el sol:

—¡Todo va bien, Baptista!

—Sí, *signore,* gracias a Dios, todo va muy bien.

No recibíamos visitas. Acompañé a *la bella* al *duomo* y la *annunciata,* al café, a la ópera, a las fiestas del pueblo, a los jardines públicos, al teatro matinal, a las *marionetti.* La hermosa muchacha estaba encantada con todo cuanto veía. Aprendió italiano, ¡por todos los cielos! ¡De forma milagrosa! ¿Y la señora? ¿Se había olvidado finalmente de aquel sueño?, le preguntaba a Carolina de vez en cuando. Casi, decía *la bella,* casi... Había empezado a rendirse.

Un día el amo recibió una carta y me llamó.

—¡Baptista!

—*Signore!*

—El caballero que me envía esta carta cenará hoy con nosotros. Su nombre es Signor Dellombra. Cenaremos como príncipes.

Era un nombre curioso aquel. Nunca había oído hablar de él. Sin embargo, por aquella época muchos nobles y caballeros habían sido perseguidos por Austria por cuestiones políticas, y algunos se habían cambiado de nombre. Tal vez él fuera uno de ellos. *Altro!* Dellombra me parecía un nombre tan bueno como cualquier otro.

Cuando el Signor Dellombra vino a cenar —continuó el genovés en el mismo tono quedo de voz con el que se había venido expresando—, yo mismo lo conduje hasta la habitación donde se solía recibir a los invitados, la gran *sala* del viejo *palazzo.* El señor lo recibió con cordialidad y le presentó a la señora. Entonces, tras ponerse ella en pie, su mirada se ensombreció, lanzó un gemido y cayó pesadamente sobre el suelo de mármol.

Al instante volví mi rostro hacia el Signor Dellombra. Entonces fui consciente de la razón de la desazón de mi señora: el visitante iba vestido de negro y lo rodeaba un aire de reserva y secretismo; también, como el hombre del sueño, tenía la piel morena, y el pelo oscuro, y el bigote gris.

El amo llevó a la señora en brazos hasta su habitación. Al punto envié allí a *la bella* Carolina. *La bella* me contaría más tarde que la señora se había llevado un susto de muerte al ver al recién llegado. La noche siguiente se la pasaría con nefastos presagios que tenían que ver con el hombre del sueño.

El amo estaba tan enojado por la extraña reacción de su mujer como preocupado por su estado; enfadado con su esposa al tiempo que consciente de que debía ser solícito con su invitado. El Signor Dellombra era un caballero amable y se mostró comprensivo respecto a la repentina indisposición de la señora. Un viento de África había estado soplando desde hacía varios días, o al menos eso le habían dicho en su hotel de la Cruz de Malta; era consciente de que a menudo ese viento causaba extrañas dolencias entre la gente. Esperaba que la hermosa dama se recuperase con prontitud. Solicitó permiso para retirarse, y también para repetir su visita en cuanto recibiera la feliz noticia de que la señora se encontraba mejor. El amo insistió en que no debía marcharse de ese modo, y finalmente ambos cenaron solos.

El invitado se marchó pronto. Al día siguiente se acercó hasta la puerta montado a caballo para interesarse por la salud de la señora. Hizo lo propio dos o tres veces durante aquella misma semana.

Por lo que pude observar, y por lo que me contó *la bella* Carolina, me pareció que a partir de aquel día el señor se marcó como objetivo curar a su esposa de aquellos terrores inventados. Era la amabilidad personificada, pero al mismo tiempo se mostraba juicioso y firme. Razonó con ella que dar pábulo a tales imaginaciones equivalía a alentar la melancolía, o incluso la locura misma. Que dependía de ella comportarse como siempre lo había hecho. Que si lograba resistir su extraña debilidad en tan solo una ocasión, con tanto éxito como para recibir al Signor Dellombra tal y como una dama inglesa recibiría a cualquier invitado, vencería a sus miedos para siempre. Para concluir mi historia y no alargarme, el *signore* finalmente volvió a hacerles una visita formal, y el ama lo recibió sin ninguna aflicción evidente, aunque todavía se la notara aprensiva y no se comportara del todo como era ella misma. La velada transcurrió de la forma más calmada que pueda imaginarse. El amo estaba tan encantado con este cambio, y tan ansioso por confirmar su validez, que el Signor Dellombra se acabaría convirtiendo en un invitado habitual de la casa. Era un hombre con un gusto excelente en lo concerniente a pintura, libros y música, y su compañía en cualquier *palazzo* tan sombrío como el que nosotros ocupábamos por entonces habría sido bienvenida.

En varias ocasiones, sin embargo, yo notaba que la señora no se encontraba tan recuperada como quería hacernos creer. En la presencia del Signor Dellombra bajaba los ojos o su cabeza se curvaba igual que lo haría una flor marchita. O bien lo convertía en objeto de miradas de fascinación o terror, como si su mera presencia ejerciera alguna influencia maléfica o poder horrendo sobre su persona. A él solía verlo en los jardines sombreados, o en la *sala* amplia y en penumbra, mirándola, podría decirse incluso que «clavando su mirada en ella a través de la oscuridad». Puesto que, ciertamente, yo no había olvidado las palabras de *la bella* Carolina describiendo su rostro en aquel sueño fatídico.

Recuerdo la conversación que los amos tuvieron tras la segunda visita del Signor Dellombra:

—Ya lo ves, querida Clara, ¡todo se ha acabado! Dellombra ha venido y no ha pasado nada. Tus temores se han roto como el cristal.

—¿Volverá...? ¿Volverá a visitarnos? —preguntó mi señora.

—¿Que si volverá? ¡Pues claro, seguro que sí! Y no será la última vez... ¿Tienes frío? —preguntó él, puesto que mi señora temblaba.

—No, amor mío... Lo que estoy es aterrorizada... Es él quien me atemoriza. ¿Estás seguro de que debemos recibirlo otra vez?

—¡Por supuesto que sí, Clara! —respondió el señor animadamente, puesto que ahora albergaba toda la esperanza posible en su recuperación completa.

Conforme los días pasaban, más se iba convenciendo él de que su mujer olvidaría tales fantasías. Ella era hermosa. Él era feliz.

—¿Todo va bien, Baptista? —me preguntaría de nuevo.

—Sí, *signore,* gracias a Dios. Todo va perfectamente bien.

Durante el Carnaval —continuó el genovés, evitando elevar la voz— decidimos pasar unos días en Roma. Yo me había ausentado durante toda la jornada en compañía de un amigo mío, otro guía, que se encontraba sirviendo en la casa de una familia inglesa. Por la noche, mientras regresaba a nuestro hotel, me encontré con la pequeña Carolina corriendo distraída por el Corso. Me extrañó, porque jamás salía sola.

—¡Carolina! ¿Qué es lo que ocurre?

—¡Oh, Baptista! ¡Oh, por el amor de Dios! ¿Ha visto usted a mi señora?

—¿Tu señora, Carolina?

—Falta de casa desde esta mañana; cuando el señor salió a hacer sus recados, la señora me pidió que la dejara dormir porque estaba agotada de no descansar por la noche. Me dijo que estaba muy dolorida por el traqueteo del viaje y que se quedaría en la cama hasta la noche. Cuando el señor llegó, la llamó, y al ver que no respondía, echó la puerta de su habitación abajo, ¡y ella no estaba! ¡Ay, mi señora, tan hermosa, tan buena, tan inocente!

Así se lamentaba la muchacha, y desvariaba y se habría hecho daño si yo no la hubiera agarrado a tiempo; cualquiera habría dicho que le habían pegado un tiro en ese momento, de cómo se desvaneció en mis brazos. Luego apareció el señor, y reconocí que era él por sus educadas maneras, porque ni su rostro ni su voz se parecían a los del señor que yo conocía. Deposité a la muchacha sobre su cama y le pedí a las doncellas del hotel que la cuidaran. El señor se montó conmigo en un carruaje, y ambos emprendimos un viaje en plena oscuridad a través de la desolada *campagna*. Cuando ya era de día, nos detuvimos en una miserable parada de postas, solo para descubrir que todos los caballos ya habían sido alquilados y enviados en direcciones dispares. ¡Enviados, daos cuenta, por el Signor Dellombra, que había pasado por allí doce horas antes montado en otro carruaje! Según afirmaron los testigos, le acompañaba una dama inglesa, a la que vieron encogida en una esquina, muerta de miedo.

—Y díganme, ¿cómo le llaman ustedes a *eso*? —preguntó triunfante el guía alemán—. ¿Fantasmas? ¡Pero si en esa historia no hay *fantasmas*! Y de lo que voy a hablarles yo, ¿qué me dicen? ¡Espectros…! ¡Ahí no hay espectros!

En una ocasión fui contratado —comenzó el alemán— por un caballero inglés, soltero aunque ya de edad provecta, para que lo guiase en un viaje que tenía que hacer por mi país, mi madre patria. El individuo en cuestión era un comerciante que tenía negocios con Alemania y que conocía bien el idioma, pero que no había visitado el país desde que era un niño; haría unos sesenta años, según calculo yo.

Se llamaba James y tenía un hermano gemelo llamado John, que también era soltero. Ambos hermanos se tenían un enorme aprecio. Poseían varios negocios a medias en Goodman's Fields, pero vivían cada uno en su propia casa. El señor James tenía su morada en Poland Street, a la vuelta de Oxford Street, en Londres. En cambio, el señor John residía por la zona de Epping Forest.

El señor James y yo planeábamos salir para Alemania en una semana. El día exacto dependía de unos negocios que tenía que dejar solucionados antes de su partida. El señor John vino entonces a Poland Street, donde yo me encontraba en calidad de invitado, para pasar esa última semana con el señor James. Sin embargo, cuando llevaba tan solo un par de días allí, el señor John le dijo a su hermano:

—James, creo que no me encuentro muy bien. No me pasa gran cosa, pero me temo que estoy algo gotoso. Lo mejor será que me marche a mi casa y me ponga bajo el cuidado de mi anciana ama de llaves; ella sabe cómo tratar esa dolencia, ya lo ha hecho antes. En cuanto me sienta mejor, volveré, y así me podré despedir de ti. De todos modos, si no logro recuperarme a tiempo, ¿por qué no vienes tú a verme antes de marcharte?

El señor James, por supuesto, dijo que así lo haría, y se dieron la mano, ambas manos, como siempre hacían, y el señor John pidió que prepararan su carruaje pasado de moda y se fue dando tumbos a su casa.

Ocurrió dos noches más tarde, esto es, la cuarta noche de aquella semana. Algo me despertó de mi profundo sueño; al abrir los ojos vi que se trataba del señor James, que había entrado en mi habitación en bata, iluminándose con una vela. Se sentó al borde de mi cama y, mirándome fijamente, me dijo:

—Wilhelm, tengo razones para creer que algún extraño malestar se cierne sobre mí.

Entonces me fijé en que tenía una expresión muy rara.

—Wilhelm —continuó—, a ti no temo decírtelo. Tú vienes de un país de gente sensata, donde los sucesos misteriosos son investigados y aclarados, y donde no os contentáis con pesarlos y medirlos, si es que pueden ser pesados y medidos, o en cualquier caso donde esos sucesos no son apartados por completo y para siempre de la discusión pública, como hemos venido haciendo nosotros desde hace tantos años. Lo que tengo que decirte, querido Wilhelm, es que creo que acabo de ver el espectro de mi hermano.

Confieso —dijo el guía alemán— que la sangre se me heló en las venas al escuchar aquello.

—Hace un momento se me ha aparecido —repitió el señor James, mirándome directamente a los ojos, para que pudiera comprobar lo tranquilo que estaba— el fantasma de mi hermano John. Me encontraba yo sentado en la cama, incapaz de conciliar el sueño, cuando mi hermano ha entrado en mi habitación vestido todo de blanco y, tras contemplarme fijamente, ha cruzado la habitación hasta el otro extremo, ha revuelto algunos papeles sobre mi escritorio, se ha dado la vuelta y, mirándome todavía con intensidad mientras pasaba junto a la cama, ha salido por la puerta. En fin, no estoy loco, de eso puedes estar seguro, y no estoy para nada dispuesto a investir a ese fantasma de una existencia externa fuera de mí mismo. Creo que no se trata más que de una advertencia de que me encuentro enfermo. Me parece que sería mejor que llamase al doctor para que me someta a una sangría.

Salté al instante de la cama —continuó el alemán— y comencé a vestirme lo más rápido que pude, rogándole a mi amo que no se alarmara y diciéndole que yo mismo me encargaría en persona de ir buscar al médico. Estaba casi preparado para irme cuando en la puerta principal se oyeron unos golpes estridentes, acompañados de varias campanadas. Como mi habitación se encontraba en el ático trasero y la del señor James en el segundo piso de la parte delantera de la casa, fue allí donde nos dirigimos. Entonces abrimos la ventana para ver qué ocurría.

—¿Es el señor James? —dijo un hombre que había abajo. Estaba cruzando al otro lado de la calle para poder mirar hacia arriba de manera más cómoda.

—Así es —dijo el señor James—. Y, si no me equivoco, tú eres Robert, el criado de mi hermano.

—Sí, señor. Siento decírselo, señor, pero el señor John está muy enfermo. Se encuentra realmente mal, señor. Incluso me temo que esté a las puertas mismas de la muerte. Quiere verle a usted, señor. Tengo una berlina aquí mismo. Le ruego que me acompañe. No hay tiempo que perder.

El señor James y yo nos miramos.

—Wilhelm —me dijo—, esto es realmente extraño. ¡Ven conmigo!

Lo ayudé a vestirse, a medias en su cuarto y a medias en la berlina, y la hierba no volvió a crecer bajo los cascos de hierro de los caballos que nos llevaron de Poland Street a Epping.

¡Ahora, escuchad! —continuó el guía—. Entré con el señor James en la habitación de su hermano, y yo mismo vi y oí todo lo que sigue.

Su hermano estaba echado en su cama, al fondo de una larga alcoba. Su anciana ama de llaves estaba con él. Creo que había tres personas más con él, tal vez cuatro, que habían estado a su lado desde que cayera la tarde. El anciano estaba vestido con una túnica blanca, como la figura que mi amo vio. A fuerza tenía que parecerse a la visión que había tenido mi amo, porque también observaba con fijeza a su hermano desde que este entrara en la alcoba.

Cuando su hermano alcanzó el lecho, el enfermo se incorporó despacio y, observándolo con más intensidad si cabe, pronunció las siguientes palabras:

—James, me has visto antes, esta noche… ¡Y bien lo sabes!

¡Y así murió!

* * *

Cuando el alemán acabó su relato, esperé a oír algún comentario sobre el insólito episodio que había narrado. Pero nadie osó romper el silencio. Miré a mi alrededor, y los cinco guías se habían desvanecido tan quedamente que parecía que las cumbres montañosas se los hubieran tragado, absorbiéndolos en las nieves eternas. Para entonces no tenía humor para quedarme sentado solo en mitad de aquel escenario terrible, con el viento helado azotándome con solemnidad, o, si he de decir la verdad, no habría podido quedarme solo en ningún lugar. De manera que volví a entrar en la sala del convento y, tras encontrar al caballero americano todavía dispuesto a relatarme la vida y milagros de Ananias Dodger, decidí que me apetecía escucharla enterita.

Extraído del relato «El recuerdo» (1852)

EL GUARDAVÍAS

—¡Hola! ¡Ahí abajo!

Cuando escuchó la voz que se dirigía a él de ese modo, el hombre se encontraba de pie en la puerta de su caseta, empuñando una banderola enrollada en un corto mástil. Cualquiera habría pensado, teniendo en cuenta la naturaleza del terreno, que no habría tenido excesivos problemas para localizar de dónde llegaba la voz, pero en vez de alzar la vista hacia donde yo me hallaba, en lo alto de un pronunciado terraplén casi sobre su cabeza, el hombre se volvió y miró hacia abajo, hacia la vía. Hubo algo sorprendente en su manera de hacerlo, aunque ni aún a costa de mi vida podría decir qué fue exactamente lo que hizo. Sin embargo, sé que fue lo bastante llamativo como para atraer mi atención, a pesar de que su figura se hallase ensombrecida y en escorzo, abajo en la profunda zanja, y la mía estuviese en alto sobre su cabeza, tan impregnada del resplandor del airado ocaso que tuve que ponerme la mano en visera sobre los ojos antes de poder verle con toda nitidez.

—¡Hola! ¡El de abajo!

Dejó de mirar hacia la vía para volverse de nuevo y, elevando su mirada, pareció distinguir mi figura en lo alto.

—¿Hay algún camino por el que pueda bajar y hablar con usted?

Me miró sin responder, y yo lo miré a mi vez evitando precipitarme para repetir mi absurda pregunta. Justo entonces sobrevino una vibración imprecisa en el suelo y en el aire, que súbitamente se transformó en una violenta pulsación y en un rugido aproximándose que me hizo retraerme, como si aquel estrépito fuera suficiente por sí solo para hacerme caer por el terraplén abajo. Cuando la nube de vapor que lanzaba el tren se hubo elevado hasta donde yo estaba, y luego de diluirse en el paisaje, miré hacia abajo de nuevo y vi a aquel hombre enrollando la bandera que había enarbolado al paso del tren.

Repetí mi pregunta. Tras una pausa, durante la cual pareció contemplarme absorto en sus pensamientos, apuntó con su bandera enrollada hacia un punto situado a mi nivel, a unas doscientas o trescientas yardas de distancia. «¡De acuerdo!», le grité, y me dirigí hacia el punto que me indicaba. Tras buscar con cuidado a mi alrededor, hallé un abrupto y zigzagueante desfiladero que seguí para bajar hasta la vía.

El terraplén era extremadamente profundo e inusualmente escarpado. Estaba excavado sobre la húmeda roca, y conforme bajaba se iba volviendo más húmedo. Por ese motivo, el camino se me hizo lo bastante largo como para recapacitar sobre el gesto de reticencia, o quizás fuera de coacción, con el que aquel individuo me había señalado el sendero de bajada. Cuando hube descendido por el angosto camino lo suficiente como para volver a tenerlo a la vista, observé que estaba de pie entre los raíles de la vía por la que el tren acababa de pasar, en actitud de espera. Tenía la barbilla apoyada sobre su mano izquierda y el codo descansando sobre su mano derecha, que tenía cruzada sobre el pecho. Su actitud era de tal expectación y su ademán tan vigilante que no pude evitar detenerme un instante para contemplarle.

Cuando terminé mi descenso y me aproximé hacia donde él estaba, vi que se trataba de un hombre moreno, cetrino, de barba oscura y cejas muy pobladas. Su caseta estaba situada en el lugar más solitario y desangelado que pudiera imaginarse. A ambos lados, una pared húmeda y goteante de afilada piedra excluía toda vista, salvo una fina franja de cielo; la perspectiva hacia uno de los costados de la caseta consistía únicamente en una tortuosa prolongación de esa enorme mazmorra; la vista, más corta, en la otra dirección terminaba en una lúgubre luz roja situada sobre la entrada, más lóbrega si cabe, de un túnel negrísimo cuya sólida arquitectura poseía una apariencia salvaje, deprimente y prohibida. Tan escasa era la luz del sol que llegaba hasta esos parajes que incluso el aire era terroso y mortecino, y tan gélido era el viento que corría a través del túnel que me provocó un escalofrío, como si por un momento hubiese abandonado el mundo real.

Antes de que se moviese, me acerqué tanto a él que habría podido tocarlo. Ni siquiera entonces apartó sus ojos de los míos. Retrocedió un paso y alzó la mano.

Aquel, le dije, debía de ser un trabajo bastante solitario; me había llamado la atención su presencia cuando lo miré desde ahí arriba, desde aquel altozano. Suponía que las visitas que recibía eran escasas, y esperaba que la mía no resultase inoportuna. Le pedí que no viese en mí más que a un hombre que había estado encerrado casi toda su vida en un espacio reducido y que, habiendo sido finalmente liberado, sentía cómo despertaba en él un súbito interés por estas grandes estructuras. Con tal propósito me dirigí a él, pero no estoy muy seguro de los términos en que lo hice porque, además de que no me gusta iniciar las conversaciones, había algo en aquel hombre que me llenaba de desazón.

Dirigió una mirada bastante extraña hacia la luz roja que había junto a la boca del túnel y acto seguido comenzó a mirar a su alrededor, como si echase algo de menos, y entonces clavó sus ojos en mí.

—Aquella luz está a su cargo, ¿no? —le dije.

—¿Acaso no se ha dado cuenta? —respondió él en voz baja.

Mientras examinaba con atención sus ojos fijos y su rostro taciturno, me asaltó la idea terrorífica de que aquel no era un hombre, sino un espíritu. Desde entonces me he preguntado si no se trataría, tal vez, de algún perturbado.

Por mi parte, retrocedí unos pasos. Al hacerlo, detecté en sus ojos un miedo latente hacia mí que me hizo abandonar aquel pensamiento terrorífico.

—Usted me mira como si me tuviese miedo —dije, forzando una sonrisa.

—Me estaba preguntando si le había visto antes —respondió.

—¿Dónde?

Señaló hacia la luz roja que un rato antes había estado mirando.

—¿Ahí? —dije.

Sin perderme de vista, respondió (aunque sin emitir sonido alguno) que sí.

—Pero buen hombre, ¿qué iba a hacer yo ahí? De todos modos, sea como fuere, nunca he estado ahí, puede usted jurarlo.

—Creo que puedo —añadió—. Sí. Seguro que es así.

Sus modales se suavizaron, al igual que los míos. Respondió a mis comentarios de buena gana, eligiendo bien sus palabras. ¿Tenía mucha tarea allí? Sí, se podía decir que aquello acarreaba bastante responsabilidad, pero lo que se requería más bien eran dotes de vigilancia y sentido de la exactitud; en cuanto al trabajo físico, apenas si realizaba alguno. Cambiar alguna señal, orientar las luces, accionar la palanca de hierro de vez en cuando y poco más. Respecto a todas aquellas solitarias horas que a mí se me antojaban interminables, solo me pudo decir que había conseguido amoldar su vida a esta rutina y que se había acostumbrado a aquel lugar. Allí había aprendido un nuevo idioma, si es que puede considerarse aprender un nuevo idioma reconocerlo de vista y tener una idea aproximada de su pronunciación. También había trabajado algo con las fracciones y los decimales, y hasta había intentado aprender algo de álgebra, aunque me confesó que desde chico era negado para los números. ¿Acaso le hacían falta allí las matemáticas, cuando su única tarea consistía en permanecer sumergido en aquel canal de aire húmedo, sin hacer apenas nada más? ¿Podría acaso elevarse alguna vez hasta la luz del sol entre aquellos altos muros de piedra? Bueno, eso dependía del momento y de sus propias circunstancias. En ocasiones la actividad en la línea férrea disminuía, y lo mismo ocurría a ciertas horas del día y de la noche. Con el buen tiempo, aprovechaba a veces para elevarse un poco por encima de aquellas sombras inferiores, pero como podía ser reclamado en cualquier momento por la campanilla eléctrica, aquello redoblaba su ansiedad, y su relax era menor de lo que cabría suponer.

Me condujo a su caseta, donde había un fuego encendido, un mostrador para el libro oficial en donde tenía que realizar ciertas anotaciones, un telégrafo con sus indicadores y sus agujas, y la campanita a la que antes se había referido. Confiando en que me disculpara si le decía que probablemente había recibido una buena educación (y que conste que no intentaba ofenderle con esta afirmación), tal vez muy por encima de su actual *posición*, comentó que ejemplos de pequeñas incongruencias como aquella rara vez faltaban en los colectivos humanos de todo tipo; según él había escuchado, era algo que sucedía en muchos otros sitios, como los asilos, el cuerpo de policía e incluso en el ejército (ese último recurso que se toma casi siempre a la desesperada). Sabía también que lo mismo ocurría en el caso del personal de cualquier gran compañía ferroviaria. Durante su juventud había sido (si es que podía dar crédito a sus palabras mientras estaba sentado en aquella choza —él apenas podía hacerlo, de hecho—) estudiante de filosofía natural, e incluso había asistido a clases, pero en un momento dado se descarrió, desperdició sus oportunidades, cayó y no volvió a levantarse nunca. No cabía lamentarse. Él mismo se había labrado aquel porvenir y ya era demasiado tarde para hacer nada al respecto.

Discretamente, dividiendo sus ensombrecidas miradas entre el fuego crepitante y mi persona, fue refiriendo cuanto aquí he resumido hasta ahora. De cuando en cuando intercalaba algún «señor», como para hacerme comprender que él no pretendía ser más que lo que aparentaba. Varias veces su narración se vio interrumpida por la campanilla, y hubo de descifrar los mensajes recibidos y enviar las respuestas correspondientes. En un momento dado tuvo que asomarse a la puerta, desplegar la banderita mientras pasaba un tren y hacerle alguna comunicación verbal al maquinista. Observé que se mantenía muy atento y meticuloso en el desempeño de sus obligaciones, interrumpiendo en ocasiones su discurso en mitad de una sílaba y permaneciendo callado hasta que cumplía su cometido.

En una palabra, yo habría considerado a este hombre uno de los más capaces para desempeñar el cometido que le tenían encomendado si no hubiera sido por el hecho de que, mientras hablaba conmigo, por dos veces se interrumpió, se puso lívido, volvió su rostro hacia la campanilla sin que esta hubiese sonado, abrió la puerta de la caseta —que mantenía cerrada para evitar aquella insalubre humedad— y miró hacia fuera, en dirección a la luz roja colocada junto a la boca del túnel. En ambas ocasiones regresó junto al fuego con aquella expresión misteriosa e indefinible que ya le había notado antes, cuando le observaba desde las alturas.

Cuando ya me disponía a marcharme, le dije:

—Casi había llegado a convencerme usted de que me hallaba frente a un hombre satisfecho.

(Me temo que he de reconocer que lo dije más que nada para animarle a hablar.)

—No le ocultaré que durante un tiempo lo estuve —añadió en voz baja, como cuando se dirigió a mí por primera vez—, pero lo cierto es que vivo angustiado, señor. Vivo angustiado.

Si hubiese podido, le habría interrumpido para que no siguiese hablando. Sin embargo, ya había empezado, y yo aproveché la oportunidad.

—¿Por qué? ¿Qué le angustia?

—Es muy difícil de explicar, señor. Es algo de lo que me cuesta muchísimo hablar. Si alguna vez vuelve a visitarme, trataré de contárselo.

—He de decir que ciertamente tenía la intención de volver a visitarle de nuevo. Diga, ¿cuándo cree usted que podría venir?

—Saldré temprano por la mañana y estaré otra vez de vuelta a las diez de la noche, señor.

—Vendré a las once pues.

Me dio las gracias y me acompañó a la puerta.

—Encenderé la luz blanca, señor —dijo, con esa voz queda a la que me tenía acostumbrado—, hasta que pueda encontrar por sí solo el camino de subida. Cuando dé con él, ¡no grite! Y cuando se halle en lo alto, ¡no grite tampoco!

Su modo de pronunciar esas palabras hizo que el lugar me pareciese más inhóspito aún si cabe, pero me limité a responderle que así lo haría.

—Y cuando baje mañana por la noche, ¡no dé voces! Pero antes de que se vaya usted, permítame hacerle una pregunta de despedida. ¿Qué le hizo llamarme precisamente como lo hizo esta noche, gritando «¡Hola! ¡Ahí abajo!»?

—Quién sabe —respondí—. Grité algo así, cierto…

—No, no gritó nada así. Esas fueron las palabras *exactas* que utilizó. Ya las he oído antes.

—Esas fueron las palabras precisas, lo admito. Las dije, sin duda, porque le vi a usted ahí abajo y no por otra razón.

—¿No fue por otro motivo?

—¿Qué otro motivo podría tener para decir algo así?

—¿No tuvo la sensación de que le eran inspiradas de algún modo sobrenatural?

—No, sinceramente.

Me deseó entonces las buenas noches mientras sostenía en alto su candil. Caminé junto a las vías (tenía la desagradable sensación de que un tren me perseguía) hasta dar con el sendero. El ascenso resultó más sencillo que la bajada, y regresé a mi posada sin mayores avatares.

La noche siguiente, puntual a mi cita, me dispuse a bajar por el sendero zigzagueante de nuevo. Un reloj de una torre lejana dio las once. Abajo, junto a las vías, vi al hombre esperándome, con la luz blanca encendida.

—No he gritado —susurré cuando estábamos ya cerca—; ¿puedo hablar ya?

—Desde luego, señor.

—Entonces, buenas noches. Aquí tiene mi mano.

—Buenas noches, señor, y aquí tiene la mía.

Dicho esto, caminamos hombro con hombro hasta su caseta; entramos, cerramos la puerta y nos sentamos junto al fuego.

—He pensado, señor —empezó a decir, reclinándose hacia delante en cuanto nos hubimos sentado y hablando en un tono ligeramente superior a un susurro—, que no tiene por qué volver a preguntarme de nuevo qué es lo que me angustia. Ayer por la tarde le tomé por otra persona, nada más. Eso es lo que me angustia.

—¿El hecho de haberse equivocado?

—No. Esa otra persona.

—¿De quién se trata?

—No lo sé.

—¿Se parece a mí?

—No lo sé. Nunca le he visto la cara, en realidad. Suele taparse el rostro con el brazo izquierdo mientras agita violentamente su brazo derecho… Así.

Seguí con la vista su brazo y vi que gesticulaba con la mayor pasión y vehemencia, como si quisiera decir: «¡Por Dios santo, apártese de la vía!».

—Una noche de luna —dijo el hombre— estaba yo sentado ahí mismo, donde está usted, cuando escuché que alguien me gritaba: «¡Hola! ¡Ahí abajo!». Me puse en pie y miré desde la puerta. Delante de mí, junto a la luz roja a la entrada del túnel, vi a alguien haciendo esos mismos gestos que acabo de mostrarle. Aquella persona parecía estar ronca de tantas voces que daba. Gritaba: «¡Cuidado! ¡Cuidado!». Y de nuevo, «¡Hola! ¡Ahí abajo! ¡Cuidado!». Agarré con todas mis fuerzas la lámpara roja y corrí hacia aquella figura, respondiendo: «¿Qué problema hay? ¿Qué ha pasado? ¿Dónde?». Era un hombre. Estaba de pie justo a la salida del túnel. Me acerqué tanto a él que me extrañó que mantuviera oculta su cara tras la mano. Corrí hasta él y alargué la mano para retirar la manga de su cara cuando de repente, sin saber muy bien cómo, desapareció.

—¿Dentro del túnel?

—No. Me lancé al interior del túnel, recorrí como poco quinientas yardas. Me paré, sostuve la lámpara sobre mi cabeza y vi las señales que marcaban la distancia y las manchas de la humedad deslizarse por la pared y gotear a través del arco. Salí de allí corriendo, más rápido de lo que había entrado (sentía una repugnancia mortal hacia aquel lugar), y busqué alrededor de la luz roja con mi propia lámpara, pero en vano. Trepé por la escalera de hierro hasta la galería que hay en lo alto, volví a bajar y corrí hasta la cabaña de nuevo. Telegrafié en ambas direcciones: «Se ha dado una alarma, ¿hay algún problema?». La respuesta que llegó en ambos casos fue la misma: «Todo en orden».

Resistiéndome al lento tacto del dedo helado que recorría mi espina dorsal, le hice ver que probablemente fue víctima de algún tipo de ilusión óptica, y que esas figuras y apariciones, cuyo origen reside en el deterioro de los delicados nervios que regulan las funciones del ojo, son conocidas por atormentar con frecuencia a los que las padecen, algunos de los cuales se hacen conscientes de la naturaleza de su enfermedad e incluso la han visto demostrada por experimentos de los que han sido objeto.

—Y en lo que se refiere al grito —insistí—, no tiene más que escuchar de qué modo sopla el viento en este valle inhóspito mientras hablamos aquí tan bajito, y su rasgueo furioso en los cables del telégrafo.

Todo eso estaba muy bien, reconoció después de que me hubo escuchado durante un rato. Qué no sabría él sobre el viento y los cables, él, quien tantas crudas noches de invierno pasaba aquí velando, en total soledad, mientras observaba las vías. Pero insistió en aclarar que aún no había terminado su relato.

Me disculpé y entonces, lentamente, posando su mano en mi hombro, añadió lo siguiente:

—Seis horas después de aquella aparición, tuvo lugar un accidente que será tristemente recordado por siempre en esta comarca. Durante diez horas estuvieron sacando heridos y muertos del túnel, justo por el mismo lugar donde había visto a aquella figura.

Me sobrevino un desagradable estremecimiento, pero hice lo posible por dominarlo. No podía negarse, repliqué, que aquella coincidencia había venido que ni pintada para dejar su mente profundamente impresionada. Aunque era un hecho incuestionable que tales coincidencias extraordinarias suceden de modo habitual en casos como ese, lo cierto es que debía admitir (y aquí me pareció intuir que estaba a punto de objetar algo en contra) que los hombres con sentido común no suelen otorgar demasiada importancia a las coincidencias cuando estas tienen que ver con los avatares normales de la vida.

De nuevo me interrumpió para decirme que aún no había acabado su relato.

Volví a pedirle excusas por mis constantes interrupciones.

—Lo que voy a contarle —dijo, apoyando de nuevo su mano en mi hombro y mirando de soslayo sobre el suyo con ojos apagados— sucedió hace justo un año. Habían pasado seis o siete meses, y yo ya me había recuperado de la sorpresa y la conmoción. Entonces, una mañana, al amanecer, estaba yo en la puerta mirando hacia la luz roja. De repente volvió a aparecérseme aquel espectro.

Se detuvo, mirándome fijamente.

—¿Gritaba?

—No. Estaba totalmente en silencio.

—¿Y agitaba el brazo?

—No. Se apoyaba en el poste de la luz, cubriéndose la cara con ambas manos. Así.

Una vez más volví a seguir su brazo con los ojos. Se trataba esta vez de un gesto de lamento. Parecía la postura que adoptan las esculturas que hay colocadas sobre algunos sepulcros en los cementerios.

—¿Se acercó usted hasta él?

—Entré en la caseta y me senté, en parte para recapacitar, en parte porque me sentía muy débil. Cuando volví a la puerta, ya se había hecho totalmente de día y el fantasma había desaparecido.

—Pero ¿no sucedió nada después? ¿No hubo consecuencias esta vez?

Me tocó en el brazo con su dedo índice dos o tres veces, asintiendo en cada ocasión de una forma funesta:

—Ese mismo día, al salir el tren del túnel, noté en la ventana de uno de los vagones lo que parecía ser una confusión de manos y cabezas, y algo que se agitaba. Lo vi justo a tiempo de hacerle al conductor la señal de parada. Apagó y echó el freno, pero el tren pasó de largo, siguiendo su marcha unas ciento cincuenta yardas o más. Lo perseguí, y al llegar oí en su interior unos terribles gritos y alguien que chillaba. Una joven dama, bastante bella, al parecer, había fallecido súbitamente en uno de los compartimentos. La trajimos a la cabaña y la colocamos en el suelo; la pusimos ahí, justamente donde está usted.

Retiré involuntariamente mi silla mientras miraba hacia donde él señalaba.

—Es totalmente cierto, señor, es la pura verdad. Sucedió tal y como se lo cuento.

No se me ocurría nada que decir al respecto. Noté que tenía la boca muy reseca. El viento y los cables acogieron la historia con un largo vagido quejumbroso.

Continuó.

—Ahora, señor, preste atención y juzgue usted las razones por las que mi mente se ve continuamente atribulada desde entonces. El espectro regresó hace una semana. Desde entonces, ha estado ahí, atormentándome una y otra vez. Va y viene, y no sé qué es lo que le impulsa a hacerlo.

—¿Y se coloca junto a la luz?

—Sí. Junto a la luz de emergencia.

—¿Y qué es lo que hace?

Repitió, con renovada pasión y vehemencia, si cabe, el gesto que ya había hecho antes: «¡Por Dios santo, apártese!».

Continuó entonces.

—No me da tregua. Reclama mi presencia, durante minutos interminables, de manera agonizante: «¡Ahí abajo! ¡Cuidado! ¡Cuidado!». Se queda ahí, gesticulando. Toca la campanilla...

Caí en la cuenta.

—¿Tocó su campanilla ayer mientras yo estaba aquí y usted se acercó a la puerta?

—Por dos veces.

—Ya veo —dije—; creo que su imaginación le está traicionando, amigo mío. Mis ojos estaban puestos en la dichosa campanilla, y mis oídos atentos también, y por Dios que le digo que la campana *no* sonó ni una sola vez mientras yo estaba aquí. No, no lo hizo. Ni en ningún otro momento, salvo cuando, por causas físicas y naturales, la estación se comunicó con usted.

Agitó la cabeza.

—Nunca he llegado a equivocarme tanto, señor. Jamás he confundido la llamada del espectro con la de los hombres. La del fantasma es una extraña vibración en la campana que no proviene de ningún otro sitio. De hecho, observará que yo no he afirmado en ningún momento que haya visto *agitarse* la campanilla. Desconozco por qué no la escuchó usted, pero lo cierto es que yo la oí.

—¿Y el espectro estaba ahí cuando miró usted fuera?

—Allí estaba.

—¿Las dos veces?

—Las dos —repitió con firmeza.

—¿Se acercaría usted conmigo a la puerta para ver si está ahí ahora?

Se mordió el labio inferior, como si fuese reacio a hacerlo, pero finalmente se levantó. Abrí la puerta y me quedé quieto sobre el peldaño mientras él permanecía en el umbral. Allí, junto al túnel, esperaba la luz de emergencia. Allí estaba la lóbrega boca del túnel. Allí estaban las elevadas y húmedas paredes de piedra del desfiladero. Allí estaban las estrellas, iluminando todo por encima de ellas.

—¿Lo ve usted? —le pregunté, prestando especial atención a la expresión de su rostro. Sus ojos estaban desorbitados por el esfuerzo, pero no mucho más, tal vez, de lo que lo estaban los míos cuando los dirigí afanosamente hacia el mismo punto al que él miraba.

—No —respondió—. Ya no está ahí.

—De acuerdo —dije.

Entramos de nuevo en la caseta, cerramos la puerta y volvimos a nuestros asientos. Parecía cavilar acerca de cómo aprovechar esta ventaja, si es que podía llamarse así, cuando retomó la conversación espontáneamente, asumiendo, sin más, que ninguno de los dos cuestionaba los hechos mismos que relataba. Viéndome, de pronto, situado en la posición más débil, exclamó:

—A estas alturas comprenderá usted claramente, señor —dijo—, que lo que tanto me atormenta es la pregunta que no dejo de hacerme desde hace días: ¿qué es lo que me quiere decir el espectro esta vez?

Le dije que no estaba seguro del todo de haber comprendido su razonamiento.

—¿Contra qué nos advierte? —dijo rumiando las palabras, con la vista fija en el fuego, desviándola hacia mí cada tanto—. ¿Cuál es el peligro que nos acecha? ¿Dónde está? Un peligro se cierne sobre algún lugar de la línea, de eso estoy seguro. Sucederá alguna calamidad espantosa en cualquier momento. Después de lo que ya ha sucedido, esta tercera vez no ha de quedarle ninguna duda. Aunque, desde luego, lo que está claro es que alguien ha lanzado un cruel hechizo sobre *mí*. ¿Qué puedo hacer?

Sacó su pañuelo y enjugó unas gotas de sudor de su frente.

—Si telegrafiase avisando de una alarma a cualquiera de los dos ramales de la línea, o a ambos al tiempo, no podría justificarla de ningún modo —siguió diciendo mientras se secaba las palmas de las manos en la pechera—. Me podría meter en un lío, y además no serviría de nada, en realidad. Me tomarían por loco. Esto es lo que ocurriría. Mensaje: «¡Peligro! ¡Extremen las precauciones!». Respuesta: «¿A qué peligro se refiere? ¿Dónde?». Mensaje: «No lo sé exactamente, pero, ¡por Dios santo, extremen las precauciones!». Sin duda me relevarían. ¿Qué otra cosa podrían hacer?

Era lamentable constatar el sufrimiento que atenazaba a aquella alma. Aquello constituía una tortura mental para un hombre tan meticuloso, oprimido más allá de su resistencia por una incomprensible responsabilidad hacia la vida.

—La primera vez que se presentó bajo la luz roja, junto al túnel —continuó, retirándose el oscuro pelo hacia atrás y palpándose las sienes en un gesto de angustia febril—, ¿por qué no me dijo dónde sucedería el accidente…? De todos modos, había de pasar necesariamente. ¿Por qué no me dijo cómo evitarlo, si es que podía evitarse? Cuando ocultó su rostro la segunda vez, ¿por qué en lugar de eso no me dijo: «Ella va a morir. Haga que se quede en su casa»? Si en aquellas dos ocasiones solo vino para mostrarme que sus advertencias eran reales, y así prepararme para una tercera, ¿por qué no me advierte ahora claramente de lo que nos espera? Y yo, ¡que Dios me asista!, soy tan solo un pobre guardavías enterrado en este puesto solitario. ¿Por qué no se habrá aparecido el espectro a alguien que gozase de un mayor crédito y tuviese poder suficiente para actuar?

Cuando le vi en aquel estado, me di cuenta de que, tanto por la salud mental de aquel pobre hombre como por la propia seguridad pública, si algo había que hacer con premura era tranquilizarle. Por lo tanto, dejando de lado toda discusión entre ambos sobre la realidad o irrealidad de los hechos, le planteé que quien quisiera llevar a cabo su labor concienzudamente debía hacerlo bien y que al menos él debía sentirse reconfortado por saber en qué consistía aquella tarea, si bien yo seguía sin alcanzar a comprender la naturaleza de aquellas apariciones desconcertantes. Tuve más éxito en este empeño que en el intento de razonar con él para que abandonase sus convicciones. Se calmó; las ocupaciones inherentes a su cargo empezaron a exigirle una mayor atención a medida que la noche iba avanzando, y así, a las dos de la mañana, me despedí de él. Me ofrecí para acompañarle durante toda la noche, pero él no quiso ni oír hablar de ello.

No veo razón alguna para ocultar que más de una vez me volví a mirar la luz roja mientras ascendía por el sendero, y que no me gustaba aquella luz, y que sin duda me costaría conciliar el sueño si mi cama se encontrase junto a ella. Tampoco veo motivos para disimular que no me agradaron los pasajes que me había relatado sobre el accidente y la chica muerta.

Pero lo que fundamentalmente ocupaba mi mente eran las consideraciones acerca de cómo debía actuar yo tras haberme convertido en el destinatario de aquella revelación. Quedaba demostrado que se trataba de alguien inteligente, despierto, metódico y preciso; pero, ¿cuánto tiempo podría seguir así, en sus cabales? Si bien se hallaba en una posición de subordinado, aún seguía recayendo sobre él una importantísima responsabilidad, y ¿estaría yo dispuesto (pongamos) a arriesgar mi propia vida, dado el caso, para que él continuase llevando a cabo su tarea con precisión?

Incapaz de sobreponerme a la sensación de que le traicionaría en parte si comunicase lo que él me había contado a sus superiores de la compañía, sin haberlo hablado antes con él de un modo sincero proponiéndole una solución intermedia, resolví ofrecerme a acompañarle (manteniendo, en cambio, su secreto por el momento) al médico más prestigioso que hubiese por los alrededores para recabar así su opinión. Me informó de que se produciría un cambio en los horarios de su turno a la noche siguiente y que se ausentaría durante una o dos horas al amanecer y, de nuevo, poco después del ocaso. Quedé en regresar según lo previsto.

Al día siguiente el atardecer fue muy agradable y salí temprano para disfrutarlo. El sol no había descendido demasiado todavía cuando ya caminaba por el sendero cercano a la cima del profundo terraplén. Alargaré el paseo durante una hora —me dije a mí mismo—, media de ida y media de vuelta, y así haré tiempo hasta que llegue el momento de acercarme a la caseta del guardavías.

Antes de proseguir mi caminata, me acerqué al borde del precipicio y miré mecánicamente hacia abajo desde el punto en que lo había divisado la primera vez. Soy incapaz de describir el terror que se apoderó de mí cuando, junto a la boca del túnel, vi lo que parecía un hombre con su manga izquierda sobre los ojos, agitando con fuerza el brazo derecho.

El horror inenarrable dio paso a la extrañeza, ya que enseguida vi que aquella aparición era de hecho un hombre de carne y hueso, y que junto a él, a corta distancia, había un pequeño grupo de personas ante quienes aquel tipo parecía estar representando alguna escena. La luz de alarma no estaba encendida todavía. Junto al poste había una pequeña garita baja, enteramente nueva para mí, que había sido fabricada con algunos tablones y unas lonas. Parecía no mayor que una cama.

Con una irrefrenable sensación de que algo andaba mal, y atenazado por un repentino miedo culpable de que algún daño fatal se hubiese producido por dejar allí solo a aquel hombre sin avisar para que enviasen a alguien a supervisar o corregir sus acciones, descendí por el escarpado sendero lo más rápido que pude.

—¿Qué ocurre? —pregunté a los hombres.

—El guardavías se ha matado esta mañana, señor.

—¿No se referirá al hombre que vivía en aquella caseta?

—Sí, señor.

—¡Oh, Dios mío, yo conocía a ese hombre!

—Si lo ha visto alguna vez, podrá usted ayudarnos a identificarle —dijo un hombre que hablaba por los demás, descubriéndose la cabeza con solemnidad y alzando la lona por uno de sus extremos—; al menos, su cara ha quedado relativamente intacta.

—¡Oh! Pero, díganme, ¿cómo ha ocurrido? —pregunté volviéndome hacia unos y otros mientras la puerta de la garita se cerraba de nuevo.

—Fue seccionado en dos por una locomotora, señor. Ningún hombre en Inglaterra conocía mejor su oficio. Pero, por algún motivo, cuando el tren pasó estaba en mitad del raíl exterior. Ocurrió, además, en pleno día. Había encendido la luz y llevaba la lámpara en la mano. Se encontraba de espaldas al túnel cuando la locomotora salió y lo arrolló. Ese es el hombre que conducía el tren. Nos estaba enseñando cómo sucedió todo. Cuéntaselo al caballero, Tom.

El hombre, que estaba vestido con un burdo mono oscuro, se colocó de nuevo en el mismo lugar, a la entrada del túnel.

—Al torcer en la curva del túnel, señor —dijo él—, le vi al fondo, como por un catalejo. No había tiempo de reducir la velocidad, aunque yo sabía que él era muy precavido. Como no parecía hacer caso del silbato, dejé de tocarlo cuando nos aproximábamos hacia él y traté de llamar su atención gritándole tanto como pude.

—¿Qué es lo que le dijo?

—Le grité: «¡Ahí abajo! ¡Cuidado! ¡Cuidado! ¡Por Dios santo, apártese!». ¡Uf! Fue un momento terrible, señor. No dejé de gritarle ni un momento. Me cubrí los ojos con el brazo para no verlo y agité el otro brazo todo cuanto pude, pero fue inútil.

* * *

Sin ánimo de prolongar más la narración para profundizar en alguna de las curiosas circunstancias que concurrieron en aquel funesto suceso, querría, para concluir, destacar la coincidencia de que la advertencia del maquinista incluía no solo las palabras que el desdichado guardavías me había dicho que le atemorizaban, sino también las palabras que yo mismo (y no él) asocié (en mi cabeza) a los gestos que él había imitado.

Extraído del ejemplar de *All Year Round*
titulado «El transbordo de Mugby»,
Navidad de 1866

EL JUICIO POR ASESINATO

Siempre he observado que se requiere una fuerte dosis de coraje, incluso entre las personas de mayor inteligencia y cultura, cuando de lo que se trata es de compartir las propias experiencias psicológicas, especialmente si estas adoptan un cariz extraño. La práctica totalidad de los hombres temen que aquello que pudiesen relatar a ese respecto no hallase paralelismo o respuesta alguna en la vida de su interlocutor, y su relato pudiese provocar suspicacias o risas. Un viajero digno de confianza que por azar hubiese avistado alguna criatura extraordinaria con apariencia de serpiente marina no tendría reparos en mencionar su experiencia, pero ese mismo viajero, habiendo tenido algún presentimiento singular, un impulso, un pensamiento peregrino, una visión (por llamarlo así), un sueño o cualquier otro tipo de impresión mental destacable, dudaría considerablemente antes de confiarle a nadie sus pensamientos. A esta reticencia atribuyo buena parte del desconocimiento que implican tales asuntos. No solemos comunicar nuestras experiencias sobre estas cosas tan subjetivas del modo en que lo hacemos con nuestras experiencias creativas más objetivas. Como consecuencia de ello, la mayor parte de lo acontecido en este aspecto aparece como excepcional, y en realidad lo es, por cuanto resulta tristemente imperfecto.

En lo que voy a relatar no albergo ninguna intención de establecer o apoyar teoría alguna, ni tampoco de oponerme a ella. Conozco la historia del librero de Berlín. He estudiado el caso de la viuda de un difunto astrónomo real según la relatara Sir David Brewster, y he seguido los pormenores de un caso mucho más destacable de ilusión espectral sucedido en el ámbito de mi propio círculo privado de amigos. Tal vez sea necesario dejar sentado, en cuanto a esto último, que el sujeto paciente —una dama— no se halla en grado alguno, siquiera distante, relacionada con mi persona. Una suposición equivocada podría sugerir una explicación para ciertos aspectos de mi propio caso —pero solo a ciertos aspectos— que a la postre resultaría totalmente infundada. Tampoco se debe a ninguna peculiaridad intrínseca que yo haya desarrollado, pues nunca antes había tenido ninguna experiencia similar, ni nada parecido me ha sucedido desde entonces.

No es relevante si han pasado muchos o pocos años desde cierto crimen cometido en Inglaterra que provocó gran interés entre el público. Estamos más que acostumbrados a tener noticia de ciertos crímenes a medida que aumentan en frecuencia por su prestigio atroz. Yo enterraría, si pudiese, la memoria de esta bestia en particular, al igual que se hizo con su cuerpo en la prisión de Newgate. Me abstendré intencionadamente de proporcionar pista directa alguna sobre la personalidad del criminal.

Cuando el crimen fue descubierto, ninguna sospecha recayó —o más bien debería decir, ya que no puedo ser demasiado preciso en los datos, que no se hizo alusión pública a que ninguna sospecha recayese— sobre el hombre que más tarde sería llevado a juicio. Al no haberse hecho referencia a él en los periódicos en aquel momento, resulta obviamente imposible que estos diesen alguna descripción suya entonces. Será de importancia capital recordar este dato.

Al abrir durante el desayuno mi diario matutino, en que se daba noticia de aquel primer descubrimiento, lo hallé profundamente interesante y lo leí con minuciosa atención. Lo leí dos veces, puede que tres. El descubrimiento había tenido lugar en un dormitorio, y, cuando aparté la vista del periódico, me sacudió un fogonazo —ráfaga, corriente, no sé cómo llamarlo, ninguna palabra que busque puede ser lo suficientemente descriptiva de lo que vi—, en el que me pareció contemplar aquel dormitorio pasando a través de mi habitación, como un cuadro imposible pintado sobre la corriente de un río. A pesar de que pasó en apenas un instante, lo que vi fue perfectamente diáfano; tanto, que pude distinguir, con cierta sensación de alivio, la ausencia del cadáver en la cama.

Esta curiosa sensación no tuvo lugar en ningún sitio romántico, sino en los mismísimos juzgados del distrito de Picadilly, próximos a la esquina de St. James Street. Aquello fue algo completamente novedoso para mí. En aquellos momentos estaba en mi silla reclinable, y recuerdo que la sensación vino acompañada de un temblor peculiar que levantó la silla desde su posición. (Sin embargo, se ha de tener en cuenta que la silla era de esas que se deslizan sobre pequeñas ruedecillas.) Me acerqué a una de las ventanas (había dos en la habitación, que se hallaba en un segundo piso) a fin de intentar aclarar la vista fijándome en algún objeto en movimiento allá abajo, en Picadilly. Era una brillante mañana de otoño, y la calle refulgía, se agitaba animada. El viento soplaba con fuerza. Al mirar hacia la calle, vi que el vendaval traía desde el parque un montón de hojas caídas que, atrapadas por una ráfaga, se arremolinaron en una columna espiral. Cuando se derrumbó la columna y las hojas se dispersaron, vi a dos hombres al otro lado de la calle, caminando de oeste a este. Uno de los dos caminaba unos pasos por delante del otro. El hombre que caminaba más adelantado miraba a menudo hacia atrás por encima del hombro. El segundo hombre le seguía a una distancia de unos treinta pasos, con su mano derecha alzada en actitud amenazante. Al principio, la singularidad y la firmeza de ese gesto amenazador en una vía tan pública atrajeron singularmente mi atención, y a continuación lo hizo la circunstancia, aún más notable, de que nadie pareciese tomarlo en cuenta. Ambos hombres se abrían paso por entre los otros transeúntes con una ligereza que apenas tenía nada que ver con la acción misma de transitar por la acera; por otro lado, ninguna criatura, al menos que yo notase, les cedía el paso, les tocaba o se preocupaba lo más mínimo por ellos. Al pasar frente a mi ventana, ambos se pararon, alzaron las cabezas y fijaron sus miradas en mí. Pude ver sus rostros muy claramente y supe que podría reconocerles en cualquier lugar. No es que hubiese observado conscientemente algo muy destacable en ninguno de aquellos dos rostros, salvo que el hombre que iba delante tenía un aspecto inusualmente ceñudo y que la cara del hombre que le seguía tenía el color de la cera sucia.

Soy soltero, y mi mayordomo y su esposa son todo cuanto tengo. Estoy empleado en cierta sucursal bancaria y desearía que mis obligaciones como jefe de departamento fuesen tan livianas como la gente supone. Aquel otoño, mis deberes me retuvieron en la ciudad cuando lo que en realidad necesitaba yo era un cambio. No me encontraba enfermo, pero he de decir que tampoco estaba bien del todo. El lector puede sacar las conclusiones que se le antojen respecto al profundo hastío que me embargaba, o albergar quizás un leve sentimiento de depresión al constatar la monótona vida que llevaba por entonces, empeorada por el hecho de que en esos momentos me hallara «ligeramente dispéptico», según afirmaba mi doctor, hombre de renombrado prestigio, quien me ha asegurado que mi verdadero estado de salud en aquel momento no merecía otra descripción más severa, siendo a él mismo a quien cito según la nota con que respondió a mi consulta.

A medida que las circunstancias del asesinato, desentrañadas gradualmente, fueron calando cada vez más y más en la opinión pública, yo decidí mantenerlas al margen de mi propia opinión y recabar acerca de ellas tan poca información como me fuera posible en medio del morbo que cundía por doquier. Sin embargo, sí que llegó a mi conocimiento que se había abierto una causa por asesinato premeditado contra el sospechoso del crimen y que este había sido enviado a Newgate en espera de juicio. También llegó a mi conocimiento que la vista hubo de posponerse durante una de las sesiones del Tribunal Criminal Central por causa de los prejuicios generalizados del público, y porque la defensa pidió al tribunal algo más de tiempo para preparar sus alegatos. Puede incluso que conociera, aunque estoy casi seguro de que no fue así, la fecha más o menos aproximada en que habían de retomarse las sesiones del juicio pospuesto.

Hay que decir que mi sala de estar, el dormitorio y el vestidor se encuentran todos situados en el mismo piso. A este último no se puede acceder más que a través del propio dormitorio. Es cierto que en tiempos existió una puerta que comunicaba la alcoba con la escalera de servicio, pero hace unos años hice instalar un baño, y desde entonces es imposible pasar por allí. En aquella época, coincidiendo con aquella reforma, la puerta se cegó y fue recubierta por el entelado de la pared.

Recuerdo que estaba en mi dormitorio, entrada ya la noche, dando algunas instrucciones a mi mayordomo antes de acostarme. Mi cara se dirigía hacia la puerta que daba al vestidor, que en aquellos momentos se hallaba cerrada. Mi mayordomo estaba de espaldas a ella. De repente, mientras le estaba hablando, vi cómo la puerta se abría y un hombre se asomaba, haciéndome señas de forma misteriosa y con ademán suplicante. Y he aquí que lo reconocí: era el mismo hombre que seguía al otro individuo por Picadilly, aquel cuyo rostro tenía ese peculiar color de cera sucia.

La figura, habiéndome hecho señas para que me aproximase, se retiró y cerró la puerta. Tras una breve pausa, no mayor que la que necesité para cruzar la habitación, abrí la puerta del vestidor y miré dentro. Llevaba una vela encendida en la mano. En mi fuero interno sabía perfectamente que allí dentro no había nadie, y de hecho no me equivocaba.

Consciente de que mi sirviente estaría igual de pasmado que yo, me volví hacia él y le dije, al tiempo que apoyaba mi mano sobre su pecho:

—Derrick, ¿podrías creer que el capricho de mis sentidos me hecho creer que había visto un…?

Entonces él, de pronto, estremeciéndose violentamente, exclamó:

—¡Oh, Dios mío! ¡Señor! ¡Detrás de usted hay un hombre muerto haciéndome señas!

Cuando lo pienso hoy, estoy seguro de que a John Derrick, mi fiel y leal sirviente durante más de veinte años, no le pareció ver nada hasta que yo posé mi mano en su pecho. Justamente hasta ese momento. El cambio en su semblante fue tan inesperado cuando le toqué que verdaderamente creí que, de alguna manera oculta, yo era el mismísimo causante de su visión.

Ordené a John Derrick que trajese algo de *brandy*. Luego le ofrecí un trago y tomé otro yo mismo. No le conté ni una sola palabra de lo que había precedido a aquella aparición nocturna. Reflexionando sobre ello, estaba absolutamente seguro de no haber visto nunca aquella cara, si exceptuamos, naturalmente, el episodio de Picadilly. Comparando su expresión cuando me hacía señas desde la puerta con la que tenía cuando alzó la vista y me miró fijamente mientras yo estaba junto a la ventana, llegué a la conclusión de que la primera vez que lo vi, lo único que debía de interesarle era fijar su cara en mi memoria, mientras que la segunda lo que quería era estar bien seguro de que yo lo recordaba.

No me sentí muy cómodo en lo que restó de noche, aunque tenía la certeza —en cierto modo inexplicable— de que la figura no regresaría. Cuando despuntó el día, caí en un profundo sueño del que me despertó John Derrick, acercándose a mi cama con una misiva en la mano.

El papel en cuestión, según parecía, había ocasionado un altercado junto a la puerta entre su portador y mi mayordomo. Resultó que se trataba de una citación dirigida a mi persona, en la que se me pedía que asistiera como jurado a cierto juicio que sería celebrado en el Tribunal Criminal Central del Old Bailey. Nunca antes se me había citado para ser jurado, como John Derrick bien sabía. Él creía (a estas alturas no estoy seguro de si con razón o movido por otros motivos que se me escapan) que esa clase de jurados solían ser elegidos entre personas de categorías inferiores a las mía, así que en un principio decidió no aceptar aquella citación.

El hombre que la portaba se tomó el asunto con mucha calma. Aludió a que mi asistencia o inasistencia nada tenían que ver con él; allí estaba la citación y a mí correspondía aceptarla bajo mi propio riesgo, y no bajo el suyo.

Durante un día o dos estuve indeciso sobre si responder a tal emplazamiento o hacer caso omiso de él. No era consciente ni del más leve prejuicio misterioso, influencia o atracción en un sentido u otro. De lo que digo estoy tan seguro como de cualquier otra afirmación que pueda verter en estas páginas.

Finalmente decidí, más que nada para romper la monotonía que por entonces gobernaba mi vida, que acudiría al llamamiento del tribunal.

La mañana señalada, una cruda mañana del mes de noviembre, se levantó con una densa niebla en Picadilly que se fue volviendo auténticamente negra y opresiva al este del Colegio de Abogados del tribunal. Hallé los pasadizos y las escaleras del juzgado elegantemente iluminados con lámparas de gas, y la propia sala del juicio igualmente iluminada. Yo *creo* que, hasta que fui conducido por los oficiales a la vieja sala del juzgado y contemplé su aspecto abarrotado, no fui verdaderamente consciente de qué crimen iba a ser juzgado aquel día. Yo *creo* que, hasta que con enormes dificultades me ayudaron a entrar en la vieja sala del juzgado, no supe a cuál de los dos banquillos de la corte me llevarían mis citadores. Esto no ha de ser entendido como una certeza, ya que en mi interior no estoy completamente seguro de ninguno de ambos extremos.

Me senté en el lugar que se reserva a los miembros del jurado para los minutos previos a que estos tengan que subir a sus banquillos y eché una mirada alrededor del tribunal lo mejor que pude a través de la nube de humo y de vaho que flotaba pesadamente sobre nuestras cabezas. Observé el vapor negro que colgaba del techo como una cortina tenebrosa y escuché el sonido ahogado de las ruedas de los carruajes sobre el adobe y el alquitrán esparcidos por la calle; también el murmullo de la gente allí reunida que se veía ocasionalmente traspasado por algún pitido estridente o algún canturreo o voceo que se superponían al resto.

Al poco entraron los jueces —eran dos— y tomaron asiento. El zumbido en la sala fue acallado de un modo vehemente. Se ordenó traer al criminal frente al estrado. Allí apareció. En ese mismo instante reconocí en él al primero de los dos hombres que bajaban por Picadilly.

Si me hubiesen llamado por mi nombre en aquel momento, dudo de que hubiera podido responder de manera audible, pero fui citado en sexto, o quizás en octavo lugar, y para entonces ya fui capaz de articular un tímido «¡Aquí!». Ahora, presten atención. Mientras iba subiendo los peldaños que conducían hasta el banquillo del jurado, el prisionero, que lo observaba todo con atención, aunque sin mostrar hasta entonces signos de preocupación, se agitó violentamente al verme y empezó a hacer señas a su abogado para que se le aproximase. El deseo del prisionero de recusarme era tan evidente que el juez no tuvo más remedio que decretar una pausa. El abogado, con la mano apoyada en el banquillo de los acusados, cuchicheó un rato con su cliente mientras sacudía pensativo la cabeza. Más tarde supe por aquel caballero que las primeras palabras que el aterrado prisionero le dijo fueron: «¡Cueste lo que cueste, recuse a ese hombre!». Sin embargo, aquel extremo no llegó a producirse, ya que el prisionero no pudo aducir ninguna razón para oponerse a mi presencia, y hubo de admitir que ni siquiera conocía mi nombre hasta que lo oyó cuando fui llamado a comparecer.

Habiendo dejado ya por sentado que quisiera evitar revivir el recuerdo desagradable de aquel asesino, y también porque el relato detallado de un juicio tan largo no es en absoluto indispensable para el desarrollo de mi narración, me ceñiré a aquellos incidentes que estuvieron directamente relacionados con mi personal y curiosa experiencia durante los diez días —con sus noches— que los miembros del jurado pasamos en estrecha compañía. Es a esto y no al crimen en sí hacia donde pretendo atraer el interés de mis lectores. Es para esto, y no para glosar meramente una página del *Calendario de Newgate,* para lo que ruego al lector que me preste extrema atención.

Fui elegido presidente del jurado. Durante la segunda mañana del juicio, tras una sesión de dos horas dedicada a la presentación de pruebas (lo sé porque oí las campanadas en el reloj de la iglesia), me entretuve echando un vistazo a los otros miembros del jurado. Entonces me di cuenta de que hallaba una inexplicable dificultad para contarlos. Lo hice varias veces, pero la dificultad persistía. Resumiendo, cada vez que contaba me sobraba una persona.

Toqué en el hombro del miembro del jurado más próximo a mí y le susurré:

—Le estaría muy agradecido si nos contase usted a todos.

Mi compañero pareció muy sorprendido por la petición que acababa de hacerle, pero volvió la cabeza e hizo recuento.

—¿Por qué razón… —dijo de repente— somos tre…? Pero no, no es posible… No. ¡En realidad somos doce!

Según mis recuentos de aquel día, individualmente concordábamos en número, pero en grupo siempre había uno de más. No había ninguna apariencia —ninguna figura— que yo viese que sobrase; sin embargo, tenía un horrible presagio interno sobre la figura que sabía que haría su entrada muy pronto.

El jurado se alojaba en la London Tavern. Dormíamos todos juntos, de hecho, en una espaciosa habitación, sobre camastros separados, bajo el ojo vigilante de un oficial especialmente encomendado para nuestra seguridad. No veo razón alguna para omitir el nombre de dicho oficial. Era un individuo inteligente, tremendamente correcto y atento y —según me alegré de oír— muy respetado en la City. Poseía una presencia agradable, ojos bondadosos, un envidiable mostacho negro y una buena y sonora voz. Se llamaba Harker.

El primer día, cuando se hizo de noche y nos fuimos a acostar, el señor Harker colocó su cama atravesada delante de la puerta. En la noche del segundo día, no hallándome predispuesto a tumbarme y viendo al señor Harker sentado sobre su cama, fui a sentarme junto a él y le ofrecí un pellizco de rapé. Cuando la mano del señor Harker rozó la mía al tomarlo de la caja, le recorrió un extraño estremecimiento y exclamó:

—¿Quién es ese?

Seguí la mirada del señor Harker y entonces, al fondo de la habitación, vi a la figura que estaba esperando: el segundo de los dos hombres que bajaban por Picadilly. Me incorporé y avancé unos pocos pasos; entonces me paré y me volví a mirar al señor Harker. Comprobé que ya había recuperado la compostura. Me miró, despreocupado, rio y dijo de forma complaciente:

—Por un momento pensé que teníamos trece miembros en el jurado y que a uno le faltaba su cama, pero supongo que la luz de la luna ha debido de confundirme.

Sin revelar nada al señor Harker, pero invitándole a caminar conmigo hasta el extremo del dormitorio, observé lo que hacía la figura.

Se detuvo unos instantes junto al lecho de cada uno de mis once compañeros del jurado, cerca de la almohada. Cada vez se aproximaba por el lado derecho de la cama, observaba al que allí estaba acostado, y luego se acercaba a la cama siguiente, pasando por delante de los pies del camastro. Parecía simplemente, por la actitud de su cabeza, que mirase pensativo a cada figura recostada. No me tuvo en cuenta ni a mí ni a mi cama, que era la más próxima a la del señor Harker. Cuando la luz de la luna entró a través de un gran ventanal, la figura pareció marcharse como volando sobre las escaleras.

Al día siguiente, durante el desayuno, resultó que todos los allí presentes habían soñado con el hombre asesinado, a excepción del señor Harker y de mí mismo.

Aquello me persuadió de que el segundo hombre que bajaba por Picadilly era el hombre asesinado, por así decirlo. Era como si aquello se hubiese revelado a mi comprensión mediante su testimonio directo. Pero tuvo lugar de una manera para la cual yo no estaba en absoluto preparado.

En el quinto día del juicio, el caso de la acusación estaba finalizando. Pero antes de terminar se aportó como prueba un retrato en miniatura de la víctima que no figuraba en su dormitorio cuando el hecho fue descubierto y que más tarde fue hallado en un lugar oculto donde el asesino había sido visto mientras cavaba. Habiendo sido reconocido por el testigo que estaba siendo interrogado, fue mostrado en alto hacia el estrado y, desde allí, ofrecido para ser inspeccionado por el jurado. Mientras un funcionario con toga negra se aproximaba hacia nosotros con el retrato, la figura del segundo hombre que bajaba por Picadilly surgió impetuosa de entre la multitud, arrebató la miniatura al funcionario y me la entregó con sus propias manos al tiempo que me decía con una profunda voz cavernosa, y antes aún de que yo viese el retrato, que se hallaba todavía en su estuche:

—¡Entonces yo era más joven, y mi rostro no estaba tan apagado!

Luego se colocó entre mi asiento y el del compañero del jurado a quien le pasé la miniatura, y después entre este y aquel al que mi compañero se la pasó, y así siguió, hasta que el retrato volvió a mis manos. De cualquier modo, ninguno de los jurados se percató de la presencia de aquel hombre salvo yo.

Cada vez que nos sentábamos a la mesa, y especialmente cuando estábamos confinados bajo la custodia del señor Harker, solíamos discutir los progresos del día. En aquella quinta jornada, habiendo concluido el caso de la acusación y teniendo ante nosotros esa parte del asunto totalmente perfilada, la discusión se tornó más seria y acalorada. Entre nosotros se hallaba un sacristán —el idiota con la mollera más dura con el que he tenido la ocasión de cruzarme en mucho tiempo— que planteaba las objeciones más absurdas ante las pruebas más evidentes y que estaba constantemente secundado por dos individuos de su misma especie, unos insulsos parásitos de miras estrechas; los tres habían sido reclutados para el jurado en un barrio tan dado al desenfreno que perfectamente se les podría haber juzgado a ellos mismos por al menos quinientos asesinatos. Ya sería medianoche. Aquellos zopencos hablaban a voces y algunos de nosotros ya nos disponíamos a abandonar la reunión y meternos en la cama. Entonces, de repente, vi de nuevo al hombre asesinado. Se mantenía detrás de aquellos tres pícaros, con actitud grave, haciéndome señas. Al hacer ademán de aproximarme hacia ellos e intervenir en la conversación, la figura se retiró inmediatamente. A partir de ese momento las apariciones se convirtieron en habituales. Siempre que se formaba un corrillo con los miembros del jurado, veía cómo la cabeza del hombre asesinado surgía entre las de los presentes. Cuando el cotejo de las notas le perjudicaba, llamaba mi atención de manera solemne.

Se habrá de tener en cuenta que no fue hasta que salió a relucir el retrato, en el quinto día del juicio, cuando aquel hombre empezó a aparecerse también en la propia sala del juzgado. Cuando se inició la presentación de la causa de la defensa, hay que señalar que se produjeron tres cambios notables. Permítaseme mencionar, antes que nada, dos de ellos. De primeras, destaquemos que ahora la figura estaba siempre presente en la sala, aunque nunca se colocaba junto a mí, sino al lado de la persona que estaba en cada momento en uso de la palabra. Pondré un ejemplo: sabíamos que la víctima había sido degollada. En el alegato de apertura de la defensa, se sugería que tal vez el fallecido podría haberse cortado la garganta él mismo. En ese preciso momento, la figura, con su garganta en el terrible estado al que nos hemos referido (hay que decir que hasta entonces la había llevado cubierta), se paró junto al orador y dio en atravesar una y otra vez su tráquea, ora con la mano derecha, ora con la izquierda, como intentando sugerir al propio orador la imposibilidad de que una herida de tales características pudiera haber sido causada por su propia mano. Aquí va otro ejemplo: un testigo que compareció, una mujer, declaró que el prisionero era la persona más afable del mundo. La figura, en aquel instante, se plantó frente a ella, escrutando su rostro, y con su brazo extendido señaló el maligno semblante del prisionero, como intentando hacer notar este hecho a la mujer que estaba en el estrado.

El tercero de los cambios acaecidos me impresionó aún más que los dos primeros, por ser el más significativo e inesperado de todos. No teorizaré sobre ello; lo expondré fielmente y ahí lo dejaré.

Si bien en principio la figura no era percibida por aquellos a los que se dirigía, su cercanía a esas personas iba invariablemente seguida de alguna clase de molestia o inquietud por parte de las mismas. Me dio la impresión de que la figura evitaba, a causa de normas que yo desconocía, revelarse totalmente a los demás, aunque pudiese, de modo invisible, mudo y oscuro, ensombrecer sus mentes. Cuando el abogado principal de la defensa sugirió la hipótesis del suicidio, por ejemplo, la figura se colocó junto al letrado e hizo el gesto terrible de cortar su garganta herida. Entonces observé cómo el abogado se trababa en su discurso, perdía durante unos segundos el hilo de su ingeniosa argumentación, se enjugaba la frente con el pañuelo y se ponía extremadamente pálido. En el momento en que compareció la mujer a la que me he referido antes, vi cómo los ojos de ella miraban en la dirección hacia la que la figura señalaba, y mostraban grandes dudas y preocupación hacia la cara del prisionero. Dos ejemplos más me servirán para ilustrar lo que digo. Durante el octavo día de sesiones, tras la pausa que se solía hacer a primera hora de la tarde para descansar, volví a la sala del juzgado junto con el resto de mis compañeros. Faltaban todavía unos minutos para que regresasen los jueces. Yo estaba de pie junto al banquillo, mirando a mi alrededor. Recuerdo que pensé que la figura no se hallaba en la sala. Pero entonces, alzando por casualidad la vista hacia la galería, la vi abalanzándose hacia delante e inclinándose sobre una mujer muy respetable, como para comprobar si los jueces habían vuelto o no a sus asientos. Inmediatamente después, la mujer dio un grito, se desmayó y hubo que sacarla del tribunal a rastras. Lo mismo sucedió con el venerable, sagaz y paciente juez que presidía las sesiones. Cuando el caso estuvo visto para sentencia y su señoría se disponía a recapitular el caso junto con sus documentos, vi perfectamente cómo el hombre asesinado entraba por la puerta que había junto al juez, avanzaba hacia el escritorio de su señoría y se dedicaba a mirar por encima de su hombro, presa de una gran ansiedad, las páginas de apuntes que él iba pasando. Un cambio se operó en el rostro de su señoría, su mano se detuvo; el temblor peculiar, que tan conocido me era, le recorrió, y titubeó:

—Discúlpenme unos instantes, caballeros. Me encuentro algo oprimido por el aire viciado.

Y no se recuperó hasta que hubo bebido un vaso de agua.

En el monótono transcurso de seis de aquellos diez interminables días —los mismos jueces en el estrado, por el que también fueron pasando, una tras otra, las mismas personas, el mismo criminal en el banquillo, los mismos abogados en sus mesas, los mismos tonos en las preguntas y las respuestas elevándose hasta el techo del juzgado, el mismo garabateo de la pluma del juez, los mismos ujieres entrando y saliendo, las mismas luces que se encendían a la misma hora cuando ya no había luz natural, la misma cortina neblinosa fuera de los ventanales cuando estaba brumoso, el mismo repiqueteo y goteo del agua cuando llovía, las mismas pisadas de los carceleros y del prisionero, día tras día sobre el mismo serrín, las mismas llaves abriendo y cerrando los mismos pesados portones—, en el transcurso de aquellos días, digo, cargados de toda esa fatigosa monotonía que me hacía sentir como si llevase un largísimo periodo de tiempo siendo presidente de aquel jurado y Picadilly hubiese sido contemporánea de Babilonia, el hombre asesinado jamás dejó de hacerse perceptible a mis ojos, ni su presencia era menos evidente que la de cualquier otra persona que hubiese pisado la sala. De hecho, debo decir que jamás vi a la aparición a la que me refiero como el hombre asesinado mirar directamente al asesino.

Me preguntaba una y otra vez: «¿Por qué no lo hace?». Aunque lo cierto es que no lo hizo nunca.

Y tampoco, desde el día en que se nos presentó el retrato, me volvió a mirar directamente a mí, hasta que quedaban ya pocos minutos para que finalizara el juicio. Faltaban siete minutos para que dieran las diez de la noche cuando los miembros del jurado nos retiramos a deliberar. El estúpido sacristán y sus dos parásitos de mente obtusa nos dieron tantos problemas que tuvimos que volver por dos veces a la sala para rogar que fuesen releídos algunos extractos de las notas del juez. Nueve de nosotros no albergábamos la más mínima duda sobre aquellos pasajes, ni tampoco creo que las tuviese nadie en el tribunal; de cualquier modo, el triunvirato de zoquetes, sin otro afán que la obstrucción, los discutían por ese mismo motivo. A la larga, acabamos imponiéndonos y, finalmente, el jurado regresó a la sala cuando eran las doce y diez de la noche.

El hombre asesinado se encontraba en aquel momento enfrente del jurado, justo al otro extremo de la sala. Mientras me sentaba, sus ojos se posaron sobre los míos con gran atención; tenía un aire satisfecho y agitaba parsimoniosamente, sobre su cabeza y toda su figura, un gran velo gris que llevaba colgado del brazo. Nunca antes se lo había visto lucir. En el momento en que leí nuestro veredicto —«Culpable»—, el velo cayó, todo se desvaneció, y el lugar donde antes estaba la extraña figura quedó vacío.

El asesino, tras ser preguntado por el juez, como es costumbre, si tenía algo que declarar antes de que se dictase la sentencia de muerte, murmuró algo incomprensible que al día siguiente fue descrito por los principales periódicos como «unas pocas palabras inaudibles, incoherentes y desvariadas en las que parecía quejarse de no haber tenido un juicio imparcial porque el presidente del jurado estaba predispuesto en su contra». La sorprendente declaración que en realidad hizo fue esta: «Señoría, supe que me condenarían en el mismo momento en que el presidente del jurado pisó el estrado. Señoría, sabía que él nunca me dejaría libre. Porque antes de que me apresasen, de algún modo que no sé explicar, ese individuo se acercó a mi cama en plena noche, me despertó y me colocó una soga alrededor del cuello».

Extraído del ejemplar de *All Year Round*
titulado «Las prescripciones del doctor Marigold»,
Navidad de 1865

LA CASA ENCANTADA

LOS MORTALES EN LA CASA

No ocurrió bajo el influjo de ninguna de las circunstancias que solemos calificar como escabrosas, ni tampoco se trataba del clásico escenario tenebroso. La primera vez que me encontré frente a la casa que es el objeto de este cuento navideño el sol brillaba. No hacía viento ni llovía a cántaros, ni retumbaban los rayos, ni ninguna circunstancia acrecentaba de ningún modo el efecto aterrador. Diré aún más, llegué hasta la casa directamente desde la estación del tren, a poco más de una milla de distancia. Si me giraba desde donde estaba, observando la fachada, alcanzaba a ver el camino por el que había llegado y los cotidianos trenes de mercancía atravesando en silencio el terraplén que cruzaba el valle. No afirmaré que todo a mi alrededor perteneciera al reino de lo ordinario, puesto que dudo que nadie, a excepción de las personas sin imaginación, pueda proclamar tal cosa sin género de dudas, y con esta afirmación delato mi vanidad. Pero me arriesgaré a afirmar que cualquiera podría ver la casa tal y como la vi yo durante cualquier mañana de otoño.

A continuación relataré la forma en la que acabé en aquel lugar.

Viajaba yo hacia Londres desde el norte, con la intención de realizar una parada a mitad del trayecto para inspeccionar el paraje en cuestión. Mi salud requería una residencia temporal en el campo, y un amigo mío, que lo sabía y que por casualidad había pasado cerca de la casa, me escribió sugiriéndomela como un lugar apropiado para mi descanso. Hacia la medianoche me subí al tren y me senté a contemplar cómo brillaban las luces del norte a través de la ventana. Me dormí y, al despertarme poco después, tuve esa convicción, que ya había experimentado otras veces, de que no había logrado dormir en absoluto. Tan convencido me encontraba de ello que, me avergüenza decirlo, incluso me habría peleado con el hombre que se sentaba frente a mí. Aquel individuo llevaba toda la noche —algo demasiado habitual en lo que respecta a las personas que se sientan frente a uno en los trenes— molestándome con sus piernas demasiado largas, y diría que demasiado abundantes. Para empeorar las cosas —al fin y al cabo era cuanto podía esperarse de él—, llevaba consigo un lápiz y un cuaderno de notas, con los que tomaba apuntes sin parar sobre quién sabe qué. En un momento dado me pareció que aquellas malditas notas solían coincidir con las diversas sacudidas y vaivenes con que avanzaba el tren, por lo que entendí que me hallaba ante una especie de ingeniero civil o algo parecido; me resigné, pues, a que me siguiera molestando con sus continuas anotaciones. Y habría seguido creyendo lo mismo durante toda la noche si no hubiera sido porque pronto me di cuenta de que el caballero, en realidad, mantenía los ojos fijos sobre algún punto de mi cabeza y hacía como si estuviera escuchando algo. No es de extrañar, pues, que el comportamiento de aquel personaje de ojos saltones y expresión perpleja acabara por parecerme insoportable.

Era aquel un amanecer lóbrego y helado, con el sol aún por elevarse. Hastiado de contemplar tanto los pálidos fogonazos propios de aquella región ferruginosa por la que discurríamos[1] como la densa pátina de humo que me separaba de las estrellas y del incipiente día, me giré hacia mi compañero de viaje y le pregunté:

—Discúlpeme, caballero, pero ¿acaso tengo algo raro en la cara?

Pues, he de decir, parecía como si en aquel momento aquel individuo tan extraño estuviera tomando apuntes sobre mi gorro de viaje, o sobre mi cabello, haciendo gala de una minuciosidad de lo más descarado. El tipo desvió sus ojos saltones de la pared del compartimento, dando la impresión, por la parábola que describieron, de que se encontraba a cientos de millas de distancia. A continuación preguntó, con una mirada de despreciativa compasión por mi insignificancia:

—¿En su cara, caballero…? *B*.

—¿*B*, señor? —pregunté intentando fingir amabilidad.

—No estoy en absoluto interesado por usted, caballero —continuó—. Mire, permítame que le explique… *O*.

Enunció la vocal tras una pausa y de inmediato procedió a anotarla.

Al principio me alarmé: no es cosa de broma toparse con un lunático como aquel en el expreso y no tener posibilidad alguna de llamar al encargado. Pensé con cierto alivio que el caballero en cuestión podría ser uno de esos miembros de la secta de los Espiritistas, unos individuos, he de decirlo, por quienes

1. Se refiere a las llamaradas de las torres mineras. *(Todas las notas son de los traductores.)*

siento el más alto respeto, al menos por unos cuantos, aunque no tenga fe en absoluto en lo que hacen. Me disponía a preguntarle si su profesión era la de espiritista cuando, como se dice popularmente, me arrancó la tajada de la boca:

—Confío en que sabrá disculparme —dijo con cierto desdén— si me encuentro demasiado avanzado respecto al común de los mortales para molestarme en prestarle atención. Me he pasado la noche, como de hecho suelo hacer casi todos los días de mi vida, enfrascado en una conferencia espiritual.

—¡Oh! —dije con cierta irritación.

—Las comunicaciones de esta noche —continuó el caballero, volviendo varias páginas de su cuaderno— se iniciaron con el siguiente mensaje: «Comunicados malintencionados arruinan las buenas maneras».

—Muy razonable —apunté—. Pero ¿se trata acaso de una idea novedosa?

—Lo novedoso es que lo afirmen los espíritus —contestó el caballero.

Solo pude limitarme a reiterar mi irritado lamento y a preguntarle si podía honrarme con la lectura del último de los comunicados.

—Oh, sí: «Más vale pájaro en mano» —comenzó el caballero, leyendo su última entrada con gran solemnidad— «que ciento *nadando*».

—Estoy completamente de acuerdo —dije—. Pero ¿no debería ser *volando?*

—Vino hasta mí como *nadando* —contestó el caballero.

A continuación me informó de que el espíritu de Sócrates le había hecho partícipe de la siguiente revelación en el transcurso de la noche: «Querido amigo, espero que se encuentre con una salud excelente. Hay dos personas en este vagón de tren. ¿Cómo están? Hay diecisiete mil cuatrocientos setenta y nueve espíritus con nosotros, pero no puede verlos. Pitágoras se encuentra aquí conmigo. No tiene el privilegio de pronunciarse, pero espera que disfrute del viaje». Galileo también se había pasado por allí, dando muestras de su gran inteligencia científica: «Me encuentro tan feliz de volver a verlo, *amico. Come sta?* El agua se helará en cuanto refresque. *Addio!*». Asimismo, durante la noche se habían producido los siguientes fenómenos: el obispo Butler[2] había insistido en deletrear su nombre como «Bubler», produciendo tales ofensas a la buena ortografía y a las buenas maneras que había sido expulsado de la reunión hecho una furia. John Milton (sospechoso de mistificación deliberada) había repudiado la autoría de *El paraíso perdido* y había presentado como coautores del poema a dos caballeros desconocidos, llamados Grungers y Scadgingtone. Por su parte, el príncipe Arturo, sobrino del rey Juan de Inglaterra, se había descrito como tolerablemente cómodo en el séptimo círculo, donde estaba aprendiendo a pintar terciopelo bajo la dirección de la señora Trimmer[3] y de Mary, reina de los escoceses.

Si estos apuntes finalmente acabaran viéndose sometidos al escrutinio del caballero que me honró con tales revelaciones, confío en que sepa excusar mi confesión de que la visión del sol elevándose al fin sobre el cielo, hecho que me hizo constatar la inmutabilidad de las fuerzas que dotaban de orden al vasto universo, tuvo el efecto de sumirme en un estado de gran impaciencia. Es más, de tal manera me exasperaban sus mistificaciones que me sentí agradecido de

2. Joseph Butler (1692-1752). Obispo de Durham y filósofo.

3. Sarah Trimmer (1741-1810). Filántropa y educadora. Una de las primeras personas en interesarse por la escritura para niños.

tener que bajarme en la siguiente estación y de poder cambiar aquellas nubes de vapores que emanaban del tren por el aire puro del campo.

Para entonces ya había despuntado la mañana en toda su hermosura. Mientras caminaba entre las hojas que se habían desprendido de las susurrantes copas de los árboles, doradas y ocres, y examinaba las maravillas de la creación a mi alrededor, considerando las leyes fieles, inmutables y armoniosas que las sustentan, comenzó a parecerme que la conferencia espiritista de aquel caballero había sido una de las peores anécdotas de viaje que pudieran ocurrírsele a uno. Estaba sumido en aquel estado de excitación mental cuando alcancé la casa y me dispuse a examinarla con atención.

Se trataba de una casa solitaria, edificada en mitad de un jardín cuadrado de unos dos acres de extensión, descuidado y melancólico. Debía de datar de tiempos del rey Jorge II, y era tan poco elegante, tan fría, tan formal y dotada de tan poco gusto como pudieran desear los más fervientes admiradores de la estética preferida por el cuarteto al completo de los Jorges. Aunque se encontraba deshabitada, había sido objeto durante los dos años anteriores de algunos parcos arreglos, a fin de hacerla algo más cómoda. Si defino de este modo los trabajos realizados en la casa es porque estos se habían limitado a la mera superficie; en lo que concernía al artesonado y a la pintura, por ejemplo, la obra ya había comenzado a desprenderse, a pesar de que los colores fueran recientes. Un tablón torcido se inclinaba sobre la tapia del jardín, anunciando que la vivienda se alquilaba «en condiciones muy favorables y completamente amueblada». La casa se encontraba rodeada de innumerables árboles plantados inquietantemente cerca los unos de los otros, confiriéndole al lugar un aire bastante sombrío. Entre ellos cabía destacar seis chopos que ocultaban casi totalmente las ventanas de la fachada principal, imprimiendo sobre la edificación un carácter excesivamente melancólico. No había duda de que habían cometido un tremendo error al elegir el lugar donde plantarlos.

No hacía falta ser muy avispado para constatar que se trataba de una casa que la gente evitaba, una casa que había sido rechazada por los habitantes del pueblo cercano, hacia donde se dirigía mi mirada de continuo siguiendo la aguja de una iglesia situada a algo más de media milla de distancia. Se trataba, en resumen, de una casa que nadie en su sano juicio alquilaría. Y de todo esto podía inferirse que se trataba de una casa encantada.

No existe hora alguna de entre las veinticuatro de las que consta el día que me resulte tan solemne como las primeras horas de la mañana. Durante el estío es mi costumbre levantarme muy temprano para encerrarme en mi estudio a despachar, antes incluso de desayunar, el trabajo diario. En tales ocasiones nunca dejo de sentirme impresionado por el silencio y el sosiego que me rodean. Es más, hay algo espantoso en encontrarse con ciertos rasgos familiares sumidos en la quietud del sueño, puesto que tal visión nos hace conscientes de que aquellos que nos son más queridos, y que a su vez nos aman a nosotros, cuando se encuentran en un estado de profunda e imperturbable inconsciencia, anticipan esa otra condición misteriosa a la que todos nos vamos acercando irremisiblemente. La vida detenida, los hilos rotos con el ayer, el sillón desierto, el libro cerrado, las ocupaciones abandonadas aun antes de concluir, todas ellas son imágenes que prefiguran a la muerte. La quietud de esas horas es un reflejo del sosiego de los momentos postreros. La luz mortecina y el frío de la mañana tienen connotaciones similares. Incluso el aire familiar que emana de los objetos cotidianos, despertándose entre las sombras de la noche, nos infunde un aire dudoso de que acabamos de comprarlos y nos traslada hasta el pasado. Y esta impresión incierta también coincide con la pérdida de la imagen ajada producida por el tránsito mismo, puesto que la muerte vuelve a regalarnos una extraña apariencia de juventud.

Recuerdo que fue a esta hora tan temprana cuando se me presentó mi primera aparición: se trataba de mi propio padre. Aunque mi progenitor se encontraba vivo y gozaba de buena salud, y la visión no constituyó en modo alguno un oscuro presagio, lo cierto es que ocurrió en plena mañana. Estaba sentado en una silla, dándome la espalda, al lado de mi cama. Apoyaba la cabeza en su mano, y no podría decir si dormía o si solamente se encontraba apesadumbrado. Asombrado al verlo allí, me incorporé y me levanté de la cama para observarlo con mayor detenimiento. Como no se movía, lo llamé repetidamente. Continuaba sin moverse, de manera que comencé a preocuparme y apoyé mi mano en su hombro, o en el lugar en el que creí que se encontraba su hombro..., porque allí no había nada.

Por todas estas razones, y por otras menos sencillas de exponer de forma tan escueta, encuentro que las primeras horas de la mañana son, para mí, el momento más fantasmagórico del día. A esa hora todas las casas me parecerían encantadas, de un modo u otro, y, por otro lado, una verdadera casa encantada tendría menos oportunidades de parecérmelo a otras horas del día.

Me dirigí hacia el pueblo meditando sobre el abandono de aquel lugar. Me encontré con el dueño de la pequeña posada local apostado junto al umbral de su negocio. Me senté para tomar un frugal desayuno y aproveché para mencionar el asunto de la casa.

—¿Está encantada? —pregunté.

El posadero clavó su mirada sobre mí, negó con la cabeza y respondió:

—Yo no digo nada.

—¡Entonces lo está!

—¡Bueno! —gritó el posadero, en un arrebato de franqueza algo desesperada—. Si me dejaran elegir, yo que usted no dormiría allí.

—¿Por qué no?

—Si quisiera que todas las campanillas de una casa sonasen a la vez aunque nadie las tocara, y que todas las puertas se cerrasen con estrépito aunque nadie las empujara, y si me divirtiera que toda clase de pisadas se movieran de acá para allá aunque nadie, salvo usted, hubiese puesto un pie en el interior de la casa... Bueno —explicó el posadero—, en tal caso sí que consentiría en dormir allí.

—¿Es que alguien ha visto algo extraño quizás?

El posadero volvió a mirarme fijamente y, de repente, con la misma aparente desesperación, se volvió hacia las caballerizas y llamó a su empleado:

—¡Ikey!

Al momento apareció un muchacho joven y fornido con un rostro enrojecido y redondeado, una mata corta de pelo de tono arenoso, una boca amplia y risueña y una nariz chata. Vestía un chaleco de manga ancha con líneas violetas, adornado con botones de nácar. Parecía como si el chaleco le hubiese crecido encima de la piel; es más, para comportarse con cierta justicia con el resto de miembros de su persona, daba la impresión de que el chaleco fuera también a terminar por cubrir su cabeza y sus botas si antes no se le ponía coto.

—Este caballero desea saber —dijo el posadero— si alguien ha visto algo extraño en Los Chopos.

—Sí, una mujer encapuchada. Y algo que hacía «buu», «buu» —fue la rápida respuesta de Ikey.

—¿Quieres decir un aullido fantasmal?

—Quiero decir un pájaro, señor.

—¡Ah! Una mujer encapuchada con *un búho.* ¡Dios mío! ¿Y tú la has visto alguna vez?

—He visto al búho.

—¿Nunca has visto a la mujer?

—No tan claramente como he visto al búho. Pero siempre van juntos.

—¿Ha visto alguien a la mujer con tanta claridad como al pájaro?

—¡Dios bendito, señor! ¡Muchos la han visto!

—¿Quiénes?

—¡Dios bendito, señor! ¡Muchos!

—¿Quiénes, por ejemplo? ¿El comerciante de enfrente, ese que está a punto de abrir la tienda?

—¿Perkins? Bendito sea, señor. Perkins no se acercaría por la casa tal que anochezca. ¡No! —explicó el joven con considerable arrojo—; no es que Perkins sea muy listo, pero no es lo *suficientemente* estúpido como para hacer eso.

(En aquel momento el posadero dijo entre dientes que, por la cuenta que le traía, confiaba en que Perkins fuera inteligente.)

—¿Quién es, o en todo caso quién era, la mujer encapuchada del búho? ¿Lo saben ustedes?

—¡Bueno! —explicó Ikey, agarrando su gorra con una mano mientras se rascaba la cabeza con la otra—. Dicen por ahí que fue asesinada y que el búho, desde entonces, no hace más que ulular y ulular.

Este escueto resumen de los hechos fue todo lo que logré sacarles a aquellos dos sobre el asunto, además de que a un joven lugareño, que me aseguraron que tenía tan buena salud y era tan robusto como cualquier otro que hubiera visto en mi vida, le entró un ataque y sufrió de espasmos justamente después de toparse con la mujer encapuchada. Y también me dijeron que un cierto personaje, vagamente descrito como un hombre mayor —de esa clase de vagabundos tuertos que se hacen llamar Joby, a no ser que les llames Greenwood y que cuando lo haces te dicen: «¿Por qué no? Pero incluso si está usted en lo cierto, lo mejor será que se ocupe de sus propios asuntos»—, se había encontrado con la susodicha mujer encapuchada unas cinco o seis veces. Pero ninguno de los dos testigos me sería de utilidad, puesto que el primero residía en California y el segundo, como bien decía Ikey —extremo confirmado por el posadero—, podía encontrarse en cualquier lugar.

Ahora bien, aunque suelo tratar con un tono solemne y en voz baja los misterios inherentes a esa gran barrera que nos separa del otro mundo y al que se someten todas las cosas que en este mundo han sido, y aunque no tendré la audacia de fingir que no sé nada de ellos, lo cierto es que no me es posible reconciliar las puertas que se cierran con estrépito, las campanillas que repican, las maderas que crujen y otras menudencias por el estilo con la majestuosa belleza y la omnipresencia de todas las reglas divinas de las que tengo conocimiento, en mayor medida de lo que, un poco antes en el día, había podido reconciliar la conferencia espiritual de mi compañero de vagón con la imagen del sol saliendo por el horizonte. Es más, yo había vivido ya en dos casas encantadas, ambas situadas en el extranjero. En una de ellas, un viejo caserón italiano que tenía la reputación de encontrarse repleto de fantasmas y que poco antes de mi llegada había sido abandonado por esta misma razón, residí durante ocho meses, y disfruté allí de una existencia tranquila y placentera. A pesar de ello, la casa poseía un buen número de habitaciones misteriosas que nunca se usaban, así como una alcoba encantada de primera categoría en la guisa de una estancia alargada contigua a mi dormitorio, en la que solía sentarme a leer con frecuencia. Con delicadeza comenté todas estas consideraciones con el posadero. Y en cuanto al hecho de que esta casa en cuestión, Los Chopos, poseyera una reputación problemática, de nuevo razoné con él que muchas cosas tenían una mala reputación inmerecida, y lo sencillo que resultaba otorgarla sin motivo. A continuación le pregunté si de veras no pensaba que, si los dos nos empeñábamos en difundir por el pueblo rumores sobre cualquier viejo borracho de aspecto singular, diciendo por ejemplo que había vendido su alma al diablo, si no creía, en suma, que con el tiempo todos acabarían sospechando que así lo había hecho. Pero debo confesar que todos estos razonamientos no tuvieron el efecto deseado en el posadero. Todo mi parlamento se reveló totalmente inefectivo, he de decir, y constituyó uno de los mayores fracasos en este capítulo que he experimentado en toda mi vida.

Para resumir esta parte de mi historia, la casa encantada había logrado cautivar mi curiosidad y ya estaba medio convencido de que debía alquilarla. De modo que, una vez terminé de desayunar, conseguí que el cuñado de Perkins (un fabricante de látigos y arneses que se encargaba de la oficina postal y que estaba sometido por lo demás a una recta mujer partidaria de los persuasivos métodos de la Sociedad Abstemia de la Doubly Seceding Little Emmanuel) me entregara las llaves, y me dirigí hacia la casa en cuestión, acompañado por el posadero y por el joven Ikey.

Encontré el interior de la casa trascendentemente lóbrego, tal como había esperado. Las sombras de los pesados árboles ondulaban cambiantes y lánguidas sobre la fachada principal, contagiándola de una tristeza inabarcable. La casa se encontraba mal ubicada, mal construida, mal planificada y mal equipada. La humedad campaba a sus anchas, la madera podrida evidenciaba la existencia de innumerables hongos y podía mascarse la presencia de ratas. Parecía que la casa en general fuera la víctima callada de aquella clase de decadencia indescriptible que va depositándose sobre cualquier obra humana cuando esta es abandonada a su suerte. Las dependencias de la cocina eran demasiado amplias y se encontraban bastante alejadas las unas de las otras. Tanto en las dependencias de los amos como en las de los sirvientes, las fértiles alcobas se encontraban separadas entre sí por pasillos extensos y yermos. Por si no fuera suficiente, muy cerca de las escaleras traseras, bajo la doble fila de campanillas de servicio, había un antiguo pozo cuya boca se hallaba recubierta por una especie de hongo verdoso que lo ocultaba casi completamente de la vista, convirtiéndolo así en una trampa mortal. Observé que una de las campanillas rezaba, en pequeñas letras blancas sobre un fondo negro: «JOVEN AMO B.». Esta, me dijeron, era la campanilla que sonaba con más frecuencia.

—¿Quién era este tal Joven Amo B.? —pregunté—. ¿Se sabe qué solía hacer cuando ululaba el búho?

—Tocaba la campana —dijo Ikey.

Me sorprendió en extremo la destreza con la que el joven lanzó su gorra directamente a la campana, haciéndola repicar con un desconcertante sonido de lo más desagradable. Las inscripciones de las otras campanillas correspondían a los nombres de las habitaciones a las que conducían sus hilos: «Habitación de los Retratos», «Habitación Doble», «Habitación de los Relojes», y así. Me dispuse a seguir la campanilla del Joven Amo B. hasta su punto de origen. Descubrí entonces que el caballero había disfrutado de una alcoba de tercera categoría en un espacio triangular que había justo debajo del palomar, con una chimenea en una esquina que semejaba una escalera piramidal que alguien de la talla de Pulgarcito hubiera construido hasta llegar al techo. Algo me decía que el Joven Amo B. debía de haber sido una persona excesivamente pequeña para conseguir calentarse aun mínimamente con esa chimenea. El papel pintado de una de las paredes se había desprendido de una sola pieza y ahora bloqueaba la entrada. Incluso conservaba todavía fragmentos de yeso adheridos. Parecía ser que el Joven Amo B., en su forma fantasmal, tuviera especial preferencia por arrancar el papel pintado. Ni el posadero ni Ikey fueron capaces de explicar el porqué de un comportamiento tan absurdo.

No realicé ningún otro descubrimiento aquel día, excepto que la casa poseía un ático de proporciones considerables y algo laberíntico. Las diversas estancias se encontraban moderadamente bien amuebladas, aunque sin excesos. Algunas de las piezas, digamos que un tercio de ellas, databan de los tiempos de la construcción de la casa. El resto pertenecían a épocas diversas del último medio siglo. Se me sugirió que debía buscar a un cierto vendedor de maíz en el mercado de la capital del condado, puesto que él era la persona encargada de todos los asuntos concernientes a la casa. Así que allí me fui y, tras hablar con el vendedor, alquilé la casa por espacio de seis meses.

Era mediados de octubre cuando me mudé con mi hermana soltera, una mujer de unos treinta y ocho años de edad, guapa, de buen juicio y mejor talante. Nos acompañaban un mozo de cuadras sordo, mi sabueso Turco, dos criadas y lo que se conoce como una chica para todo. De la última tengo mis razones para puntualizar que se trataba de una de las huérfanas de San Lorenzo y que contratarla fue un error terrible.

El año tocaba a su fin antes de tiempo, las hojas se desprendían con premura. Hacía un frío cortante cuando tomamos posesión del lugar, y la oscuridad de nuestro nuevo hogar resultaba deprimente en extremo. La cocinera, una mujer simpática pero de cortas entendederas, rompió a llorar cuando vio la cocina y pidió que, en el caso de que enfermara a causa de la humedad, su reloj de plata fuera entregado a su hermana, cuya vivienda estaba sita en el número 2 de los Tuppintocks Gardens, Liggs's Walks, Clapham Rise. Por su parte, Streaker, la doncella, hizo gala de una fingida alegría, pero fue la que en mayor medida resultó martirizada una vez nos establecimos. La chica para todo, que nunca había estado en el campo, era la única persona que parecía algo contenta, e incluso tuvo la ocurrencia de plantar una bellota en la confianza de que saliese un roble enterito en el escueto jardín que había al otro lado de la ventana del fregadero.

Antes de que anocheciera habíamos pasado ya por todas las miserias naturales —las sobrenaturales tendrían que esperar— que se derivaban de la mudanza en sí. Informes deprimentes ascendían como el humo desde el sótano en profusión y descendían desde las habitaciones superiores. En la casa no había nada: no había rodillo, no había salamandra —lo cual no me sorprendió, ya que no tenía ni idea de lo que era—, y lo que sí había estaba roto. Supuse que los últimos inquilinos debían de haber vivido como puercos. ¿Por qué el dueño la alquilaría en tal estado? En mitad de aquel desastre, la chica para todo se comportó de una forma ejemplar, sin perder ni un ápice de su alegría. Pero para cuando transcurrieron las primeras cuatro horas tras la caída del sol todos habíamos trascendido ya al plano espiritual. Por si fuera poco, la chica había visto «algo con ojos» y estaba sumida en un estado de histeria galopante.

Mi hermana y yo habíamos acordado no mencionar a nadie el tema del encantamiento, y aún hoy estoy seguro de que mientras descargábamos los enseres no había dejado a Ikey solo con las mujeres, ni cuando estaban todas juntas en grupo ni cuando alguna de ellas se separaba puntualmente de las otras. A pesar de todo, como digo, la chica para todo afirmaba haber visto «algo con ojos»; nunca se pudo extraer nada más de ella sobre el incidente. Eso había sido un poco antes de las nueve de la noche, pero cuando dieron las diez ya se le había aplicado tanto vinagre como a una tajada de salmón en conserva.

¡Dejo al buen juicio de mi público que consideren cómo pude sentirme cuando, sumido como estaba en las circunstancias desfavorables que menciono, la campanilla del Joven Amo B. comenzó a repicar de la manera más furiosa que pudiera imaginarse! Serían las diez y media, calculo. Turco, entonces, empezó a aullar de un modo tan furioso que la casa entera comenzó a resonar con sus lamentos.

Espero no tener que encontrarme nunca con nadie sumido en un estado mental tan poco cristiano como el mío durante las incontables semanas en que la memoria del Joven Amo B. se fue apoderando gradualmente de la imaginación de los miembros del servicio. Jamás llegué a saber a ciencia cierta si eran las ratas las que hacían sonar la campanilla o si tal vez eran los ratones, o los murciélagos, o el viento, o quizás algún tipo de vibración accidental, o puede que en ocasiones hasta una mezcla de todos esos agentes, pero lo cierto es que la campanilla sonaba dos de cada tres noches, hasta que llegué a concebir la feliz idea de retorcerle el cuello al dichoso Joven Amo B. con mis propias manos —o, en otras palabras, arrancar la campanilla de cuajo—, silenciando para siempre, de acuerdo con mi experiencia y mis creencias, al joven caballero.

Para aquel entonces, la chica para todo había desarrollado una extraordinaria habilidad para la catalepsia. Era tan pronunciada esta inconveniente dolencia en su caso que, de haberlo buscado, se habría convertido sin lugar a dudas en su ejemplo más palmario. En las ocasiones más dispares, la muchacha se ponía rígida de repente como si fuera un monigote del día de Guy Fawkes.[4] Decidí dirigir un discurso a los sirvientes de la forma más lúcida posible, destacando que había encargado pintar la habitación del Joven Amo B., a fin de que no hubiera ya papel que pudiera arrancar; que había retirado la campanilla para que esta ya no volviera a sonar. Y, si les era dado imaginar que el maldito niño había vivido y fallecido comportándose de manera tal que resultaba del todo incuestionable que merecía unos azotes en el trasero en su actual e imperfecto estado, ¿podrían llegar a imaginar que un pobre y simple ser humano como yo sería capaz de contrarrestar y limitar el poder de los espíritus incorpóreos de los muertos, o de cualquier otro espíritu, empleando para ello unos métodos tan banales? Me atrevería a decir que, cuando me dirigía a ellos de esta manera, adoptaba ademanes muy directos y enfáticos, por no decir incluso abiertamente complacientes con los argumentos expuestos. Pero todos mis esfuerzos resultaban en vano cuando la chica para todo se ponía rígida de repente, desde los dedos de los pies hasta la coronilla, y clavaba los ojos en el vacío, como si se hubiera transformado en una estatua barata.

4. Guy Fawkes (1570-1606) planeó el motín de la pólvora en 1605. Dickens se refiere a las efigies que son quemadas en Inglaterra cada 5 de noviembre.

Streaker, la doncella, también poseía una cualidad de la naturaleza más inquietante. Soy incapaz de decir si es que era el suyo un temperamento inusualmente linfático o qué otra cosa le ocurría, pero lo cierto es que esta joven se convirtió de la noche a la mañana en una especie de destilería consagrada a la producción de las más copiosas y translúcidas lágrimas que haya tenido nunca ocasión de ver. Combinada con esa capacidad, hay que decir que poseía una peculiar tenacidad para aferrarse a dichos especímenes, de manera que, en lugar de dejar caer estos, los llevaba todo el día colgados sobre el rostro y la nariz. En dicha condición, mientras meneaba su cabeza con un gesto de reprobación sutil, su silencio me apesadumbraba más que lo que podría haber hecho el Admirable Crichton.[5] La cocinera, por su parte, insistía en recubrirme, como si se tratase de un ropaje, de nociones de lo más confuso, pues solía poner el colofón a nuestras reuniones pretextando que la casa la estaba matando, ocasión que aprovechaba para repetir con humildad su última voluntad en lo que se refería al reloj de plata.

En lo que respecta a nuestra vida nocturna, sucumbíamos a una epidemia de sospechas y de miedos, ambos altamente contagiosos, y he de decir que no existe un contagio peor en el mundo. ¿Mujer encapuchada? De acuerdo con las habladurías, nos acechaba un convento entero de mujeres encapuchadas. ¿Ruidos? Con aquel nivel de contagio entre los criados, varias veces me ocurrió encontrarme yo mismo sentado en uno de aquellos deprimentes salones, atento a cualquier sonido, hasta que había escuchado tantos y tan diversos que perfectamente se me podría haber helado la sangre si no la hubiera calentado

5. Personaje principal de la obra teatral de James M. Barrie, *The Admirable Crichton* (1902), que versa sobre un mayordomo que demuestra su valía a pesar de su clase social tras ser víctima de un naufragio.

mediante la audaz aventura de investigar sus causas. Le reto a que intente esto mismo cuando esté en la cama, en mitad de la noche; intente esto mismo junto a su cómoda chimenea cuando esté a punto de retirarse a dormir. Uno puede llenar toda una casa de ruidos si así lo desea, hasta que se es consciente de uno distinto por cada célula de su sistema nervioso.

Lo repito: se contagiaban entre nosotros las sospechas y el miedo, y no existe un contagio en el mundo peor que este. Las mujeres, con sus narices sumidas en un estado de sensibilidad crónica por causa de la continua aplicación de sales, estaban siempre a punto de desvanecerse, así como de explotar por la causa más nimia. Las dos más mayores enviaban a la chica para todo a cualquier expedición que considerasen peligrosa, y ella misma siempre demostraba lo acertadas que estaban en sus miedos cuando la veían regresar de su excursión totalmente cataléptica. Si la cocinera, o la misma Streaker, subían por la noche al segundo piso, sabíamos que de un momento a otro escucharíamos un golpe en el techo, y esto tenía lugar de forma tan constante que parecía como si hubiéramos contratado a un boxeador para que anduviera por la casa propinándole un «toquecito» de los suyos —uno de esos sopapos que suelen conocerse entre las clases populares como «El Subastador»— a todas las domésticas con las que se cruzase.

No había nada que pudiese hacerse ante tal epidemia. No servía de nada asustarse al ver un búho en el jardín, para a continuación demostrar que en realidad ese búho existía y no era más que un búho normal y corriente. No servía de nada descubrir que Turco siempre aullaba cuando alguien tocaba por casualidad ciertas notas discordantes en el piano. No servía de nada comportarse como un Radamanto[6] con las

6. En la antigua Grecia, uno de los jueces de los muertos.

campanillas, de manera que si alguna de ellas sonaba sin razón aparente, se la descolgaba y se la silenciaba para siempre. No servía de nada, en suma, encender las chimeneas, arrojar antorchas dentro del pozo, entrar de forma súbita en las habitaciones sospechosas y voltear los escondrijos. Cambiamos de criados, pero la cosa no mejoró. El grupo nuevo se largó y vino un tercer grupo, y la cosa no mejoró tampoco entonces. Al final, nuestro hogar, que antaño había llegado a ser moderadamente cómodo, se volvió tan desorganizado y alcanzó un estado tan lamentable que una noche no tuve más remedio que decirle a mi hermana:

—Patty, empiezo a pensar que nunca encontraremos a quien consienta estar aquí con nosotros. Es más, creo que deberíamos marcharnos de la casa.

Mi hermana, que es una mujer dotada de una inmensa energía, me contestó:

—No, John, no abandones. ¡No te dejes vencer! Existen otra maneras de afrontar esto.

—¿A qué te refieres? —pregunté.

—John —contestó mi hermana—, ya que no podemos permitir que se nos expulse de esta casa por ninguna razón, sea esta comprensible para ti o para mí, creo que debemos hacernos un favor y doblegarla completamente bajo nuestro mandato.

—Pero los criados... —dije.

—Si los criados son un problema, pues prescinde de los criados —sugirió mi hermana con arrojo.

Como la mayoría de las personas de mi época y condición, jamás me había planteado la posibilidad de pasar sin aquellos fieles obstructores de la vida acomodada que son los sirvientes. La idea me resultaba tan novedosa que, una vez sugerida, no dudé en expresar mis reservas.

—Sabemos de antemano que vienen aquí a sentir miedo y a infectárselo los unos a los otros, y, efectivamente, en cuanto llegan podemos comprobar que no nos hemos equivocado: tienen miedo y se infectan entre sí —explicó mi hermana.

—Con la excepción de Bottles —observé en un tono meditabundo. (Me refería a mi mozo de cuadra, que es sordo. Aún lo conservo a mi servicio, en lo que constituye un fenómeno de taciturnidad sin igual en toda Inglaterra.)

—Por supuesto, John —asintió mi hermana—, con la excepción de Bottles. ¿Y qué prueba eso? Bottles no habla con nadie y no escucha a nadie, a no ser que se le grite directamente en la oreja. Y nunca ha dado muestras de alarma, ni tampoco ha alarmado a persona alguna. ¡Ni una sola vez!

Esto era completamente cierto. El individuo en cuestión se retiraba cada noche a las diez en punto a su cama situada sobre la cochera, sin otra compañía que una horca y un barreño de agua. Si me hubiera presentado a esa hora delante de Bottles, el barreño de agua habría caído sobre mi cabeza y la horca me habría atravesado, de eso estaba convencido. Bottles tampoco parecía haberse hecho eco nunca de ninguno de nuestros variados dramas domésticos. Se sentaba delante de su cena en un silencio imperturbable, a pesar de la apariencia melancólica de Streaker y de la rigidez marmórea de la chica para todo, y se limitaba a atiborrarse los carrillos de patatas, o bien se aprovechaba del estado general de derrumbe anímico del servicio para agenciarse una porción extra de pastel de carne.

—De manera que —continuó mi hermana— dejaremos fuera a Bottles. Y si tenemos en cuenta, querido John, que la casa es demasiado grande, y tal vez esté demasiado apartada como para dejarla en manos de nosotros tres solos, propongo que busquemos entre nuestros amigos hasta que reunamos un número selecto de los más fiables y dispuestos, y que formemos una sociedad que se establezca aquí por espacio de tres meses, a fin de que nos ayudemos entre nosotros y vivamos contentos los unos con los otros. Una vez hecho eso, ya veremos qué ocurre.

Estaba tan entusiasmado con la sugerencia de mi hermana que la abracé allí mismo, y a partir de ese día dediqué todas mis energías a poner en práctica su plan.

Nos encontrábamos en la tercera semana de noviembre. Pero afrontamos nuestros nuevos planes con tanto vigor, y nuestra empresa fue tan bien secundada por nuestros amigos de confianza, que todavía quedaba una semana para que el mes expirase cuando un nutrido grupo de alegres camaradas se reunió con nosotros en la casa encantada.

A continuación mencionaré dos pequeños cambios que mi hermana y yo introdujimos cuando todavía vivíamos solos. Se me había ocurrido que lo más probable era que Turco se dedicara a aullar durante la noche entera dentro de la casa, quizás porque algo en mi interior me decía que prefería quedarse fuera. De manera que dispuse su caseta en el jardín y lo dejé suelto, avisando a la gente del pueblo de que cualquiera al que el perro se encontrase merodeando no debía esperar nada menos de él que le saltase al cuello. A continuación pregunté a Ikey, como sin darle importancia, si entendía de pistolas.

—Sí, señor, conozco una buena arma cuando la veo.

Así que le pedí que viniera a la casa para darme su opinión sobre la mía.

—Es buena de verdad, señor —dijo Ikey tras inspeccionar el rifle de doble cañón que había comprado en Nueva York unos cuantos años atrás—. No hay duda de ello, señor.

—Ikey —dije—, no lo menciones a nadie, pero he visto algo en la casa.

—¿De verdad, señor? —susurró, abriendo mucho los ojos—. ¿Una mujer encapuchada, señor?

—No te asustes —le dije—. Era una figura que se parece a ti; de hecho, sois como dos gotas de agua.

—¡Dios mío!

—¡Ikey! —dije, estrechándole la mano con simpatía, incluso diría que con afecto—. Si hay algo de verdad en esas historias de fantasmas que se cuentan, lo mejor que podría hacer por ti es disparar a esa figura que tanto se te parece la próxima vez que la vea. ¡Y te prometo, por todos los cielos, que lo haré con esta arma en cuanto se me presente la ocasión!

El joven me dio las gracias y se marchó algo preocupado tras rechazar un vaso de licor que le ofrecí. Le había hablado de aquella manera porque no me había olvidado del todo de la forma en que lanzara aquella vez la gorra a la campanilla; porque, en otra ocasión, me había fijado en algo que se parecía mucho a una gorra de piel tirada en el suelo a poca distancia de la misma, a la postre, una noche en que la campanilla no había dejado de sonar, y, por último, porque me había dado cuenta de que las noches más fantasmagóricas eran aquellas que seguían a las visitas que Ikey hacía para calmar a los criados. No quiero ser injusto con Ikey. La casa le asustaba y creía de veras que se encontraba encantada. Pero, a pesar de todo, parecía fingir que ocurrían hechos inexplicables siempre que se le daba oportunidad para ello.

Otro tanto pasaba con el caso de la chica para todo. Deambulaba por la casa en un estado de terror absoluto y, a pesar de sus terrores verdaderos, mentía sobre otros inventados de la manera más monstruosa, e incluso llegó a imaginarse muchas de las alarmas que luego difundía, así como a realizar ella misma muchos de los ruidos que los demás escuchábamos cada noche. Yo me había dedicado a observarlos a ambos y era perfectamente consciente de todo lo que pasaba. No es necesario que explique aquí este comportamiento tan ridículo; me contentaré con apuntar que le resultará familiar a cualquier hombre inteligente con una cierta experiencia en medicina, leyes o cualquier otro trabajo que requiera la observación de las personas, que es tan común como cualquier otro que pueda observarse, y que se trata de un comportamiento que las personas racionales bien harán en examinar antes de afrontar otro tipo de indagaciones, y rechazarán siempre que investiguen asuntos misteriosos.

Pero regresemos a nuestro grupo. Lo primero que hicimos cuando estuvimos todos juntos fue echar a suertes la distribución de las habitaciones. Una vez que hicimos esto, y todas las habitaciones —de una punta a otra de la casa— fueron sometidas a examen por parte de todos y cada uno de los presentes, nos distribuimos las distintas tareas domésticas como si en vez de amigos de clase acomodada formásemos parte de un campamento de gitanos, o bien fuéramos miembros de un grupo alojado en un yate o de participantes en una cacería, o incluso náufragos en una isla desierta. A continuación, compartí con nuestros amigos todos los vagos rumores concernientes a la dama encapuchada, al búho y al Joven Amo B., junto con otros aún más vagos que habían circulado durante nuestra estancia; esto es, la ridícula presencia en la casa del espectro de una anciana que caminaba arriba y abajo cargando una mesa redonda tan espectral como ella misma o la de un imbécil igualmente impalpable, puesto que nadie había sido capaz de agarrarlo todavía. Algunas de estas nociones se habían ido transmitiendo entre nuestros sirvientes, me atrevería a indicar que sin la necesidad de ser verbalizadas. Por último, nos reunimos para jurarnos los unos a los otros, con total solemnidad, que no nos encontrábamos allí para ser engañados ni para engañar a nadie —para nosotros era casi lo mismo—, que nos comunicaríamos solo la verdad los unos a los otros y que daríamos pábulo solo a la verdad. Acordamos que cualquiera que escuchase ruidos extraños durante la noche y que deseara investigarlos tendría la obligación de llamar a mi puerta primero, y, por último, que en la Noche de Reyes, la última de las fiestas navideñas, todas nuestras experiencias individuales a partir de aquella hora en la que nos reuníamos por vez primera en la casa encantada serían el objeto de una puesta en común. Juramos, asimismo, que hasta esa noche no diríamos nada, a no ser que algún hecho especial nos instara a romper el silencio al que nos habíamos comprometido.

Éramos, en número y en temperamento, tal como relataré a continuación. Primero mencionaré a mi hermana y luego a mí, naturalmente. En el sorteo de las alcobas, mi hermana había sacado su propio dormitorio, y a mí me había tocado, curiosamente, el del Joven Amo B. El siguiente al que mencionaré será a nuestro primo hermano John Herschel, llamado así por el brillante astrónomo; no creo que haya existido en la historia un hombre más hábil con un telescopio. Lo acompañaba su esposa, una mujer encantadora con quien se había casado la primavera anterior. Pensé que había sido algo imprudente traerla, puesto que en unas circunstancias como las que vivíamos nadie puede anticipar las consecuencias de una falsa alarma. Pero supongo que él sabría lo que hacía, y debo decir que, si se hubiera tratado de mi propia esposa, no me habría sido posible abandonar su encantador y jovial rostro. A ellos les tocó la Habitación de los Relojes. Alfred Starling, un joven de veintiocho años de edad, de una amabilidad fuera de lo común y por quien sentía una gran simpatía, sacó la Habitación Doble, que hasta entonces había sido la mía y que tenía aquel nombre por encontrarse dividida en dos alcobas, una de las cuales hacía las veces de vestidor, con dos enormes ventanales cuyos postigos ningún tipo de calza lograba atrancar con éxito y que golpeaban contra el marco de madera todas las noches sin excepción, ya hiciera viento fuera o no lo hiciera. Alfred es uno de esos jóvenes que fingen ser «audaces», otra palabra que sirve para describir a los desmadrados, por lo que creo entender. Sin embargo, se trataba de alguien demasiado bondadoso y razonable como para permitirse hacer barrabasadas. Debería haberse distinguido ya, sin duda, si no hubiera sido porque su padre le había dejado desafortunadamente con muy pocos medios para garantizar su independencia, esto es, unas doscientas libras anuales, motivo por el cual su única ocupación en la vida había consistido hasta el momento en gastar seiscientas. Sin embargo, yo albergo esperanzas de que su banquero se rinda algún día, o bien que se involucre en cualquier acuerdo especulativo por el que Alfred se vea obligado a pagar unos intereses del veinte por ciento, puesto que estoy convencido de que solo si se arruinase, este joven lograría hacer su fortuna. Belinda Bates, la amiga del alma de mi hermana y una muchacha deliciosa, amigable y de altas capacidades intelectuales, se quedó con la Habitación de los Retratos. Belinda posee un genio especial para la poesía, combinado con un celo de lo más empresarial, y «le va» —por usar una expresión de Alfred— la Misión de las Mujeres, los Derechos de la Mujer, los Problemas de la Mujer y todo aquello que tenga que ver con las mujeres, con «M» mayúscula, o bien con aquello que no lo tiene pero debería tenerlo, o bien con lo que lo tiene y sin embargo no debería.

—¡Muy bien, querida! Y que el cielo te ayude —le susurré la primera noche que me despedí de ella junto a la puerta de la Habitación de los Retratos—, pero no exageres. Y cuando pienses en la gran necesidad que existe, querida mía, de más trabajos reservados a las mujeres de los que ofrece nuestra sociedad, no te lances al cuello de los pobrecitos hombres, incluso los que te parezca que suponen un obstáculo, como si ellos fueran los opresores naturales de tu sexo. Puesto que, Belinda, créeme, en muchas ocasiones estos hombres se gastan todos sus ingresos en sus esposas y sus hijas, en sus hermanas, sus madres, sus tías y sus abuelas; así que la historia no es como parece, no *todos* son lobos y caperucitas, sino que existen bastantes más personajes en la historia.

Sin embargo, me salgo de mi narración.

Belinda, como he mencionado, ocupaba la Habitación de los Retratos. Había otros tres dormitorios: la llamada Habitación de la Esquina, la Habitación de los Trastos y la Habitación del Jardín. Mi viejo amigo Jack Governor «colgó su hamaca», como él decía, en la Habitación de la Esquina. Siempre he considerado a Jack como el marinero más apuesto que nunca haya surcado los mares. Ahora peina canas, pero está tan de buen ver como hace un cuarto de siglo; no, está mejor aún. Un hombre imponente, alegre, una figura fornida de hombros anchos, con una sonrisa honesta, unos ojos negros y brillantes, y unas prominentes cejas oscuras. Las recuerdo todavía más negras, y debo decir que mejoraban bajo su nuevo aspecto, con esos trazos plateados que las recorrían. Jack ha estado en todos los lugares donde ondea nuestra bandera nacional, con la que comparte el nombre,[7] y en mis viajes he encontrado viejos camaradas suyos en el Mediterráneo y a la otra orilla del Atlántico, todos los cuales han sonreído y se han animado tras la mención casual de su nombre, y me han preguntado: «¿Conoce a Jack Governor? ¡Entonces conoce

7. La bandera británica se conoce como Union Jack.

usted a un hombre como no hay otro!». ¡Así es él! Y es de forma tan incuestionable un oficial de la Marina que, si fueras a encontrártelo saliendo del iglú de un esquimal cubierto de una piel de foca, podrías persuadirte de que en realidad vestía el uniforme naval completo.

En una ocasión, Jack posó esos ojos refulgentes suyos sobre mi hermana, pero al final acabó desposando a otra dama y se la llevó a Sudamérica, donde la dama falleció. De esto haría unos doce años, o quizá más. Cuando llegó a nuestra casa encantada, consigo traía un pequeño barril de carne de ternera en salazón, y eso era porque estaba absolutamente convencido de que toda la carne que no conservaba él mismo no era más que carne pasada, e, invariablemente, siempre que bajaba a Londres incluía una pieza de este manjar en su equipaje. También se ofreció a traer consigo a un tal Nat Beaver, un viejo camarada suyo, capitán de un buque mercante. El señor Beaver, con una cara y una planta tan rígida como si hubiera sido tallado en madera, y aparentemente igual de fuerte, demostró ser un hombre inteligente con un montón de experiencias marinas y una gran cantidad de conocimientos de tipo práctico. Algunas veces le sobrevenía un curioso nerviosismo, en apariencia el resultado de alguna vieja enfermedad, pero apenas le duraba unos minutos. Se quedó con la Habitación de los Trastos y la compartió con el señor Undery, mi abogado y amigo, que había venido como *amateur* y con el cometido de «acabar con esto cuanto antes», como él mismo decía. Hay que recalcar que el señor Undery jugaba al *whist* mejor que cualquiera cuyo nombre se hallara incluido en la Law List, desde la cubierta roja del principio a la cubierta roja del final.[8]

8. Se refiere al tomo encuadernado en cuero rojo que contiene la lista de abogados en Inglaterra.

Nunca fui más feliz en toda mi vida que en aquellos días, y creo que ese era el mismo sentimiento que compartíamos todos. Jack Governor, un hombre dotado de maravillosos recursos, fue nombrado el cocinero en jefe y preparó para nosotros algunos de los platos más deliciosos que he probado en mi vida, amén de varios curris a los que más valía no acercarse. Mi hermana ejercía de *sous-chef* y pastelera. Starling y yo actuábamos como pinches, alternando nuestros turnos, y, en las ocasiones que requerían más trabajo, el cocinero jefe «obligaba» a trabajar al señor Beaver. Disfrutábamos de una gran cantidad de deportes al aire libre y hacíamos bastante ejercicio, pero jamás se nos ocurría saltarnos ninguna de nuestras obligaciones y no existía mal humor o malentendidos entre nosotros. Nuestras veladas nocturnas eran tan deliciosas que al menos teníamos una razón positiva para que no nos apeteciera irnos a la cama por la noche.

Durante las primeras veladas nocturnas se dispararon todas las alarmas. La primera noche Jack me despertó golpeando mi puerta con una descomunal linterna de navío en la mano, un artefacto que semejaba las agallas de algún monstruo de las profundidades, para informarme de que se proponía «subir a lo alto del todo» para arriar la veleta. Era una noche tormentosa, y protesté ante su disparatada idea. Pero Jack llamó mi atención sobre el hecho de que la veleta emitía un sonido que recordaba de algún modo a un llanto desesperado, y afirmó que alguien estaría muy pronto «dándole las buenas noches a un fantasma» si no se hacía lo que él sugería. De manera que decidimos subir hasta el tejado de la casa. El señor Beaver nos acompañaba. Yo apenas podía mantenerme en pie a causa de la fuerza del viento. Jack, armado con la linterna y seguido del señor Beaver, escaló hasta la punta de una cúpula, unos doce pies por encima de las chimeneas, agarrándose a Dios sabe qué, y, con una frialdad que me heló la sangre, martilleó la veleta hasta que la arrancó de cuajo. Los dos caballeros se encontraban de tan buen humor al encontrarse a aquellas alturas y con aquel tempestuoso viento azotándoles la cara que temí que no tuvieran intención de bajar nunca. Algunas noches después volvieron a salir y arrancaron la tapadera para pájaros de una de las chimeneas. Otra noche cortaron una tubería, ya que emitía un sonido como de llanto atragantado. Cada noche encontraban un nuevo quehacer. Recuerdo incluso varias ocasiones en que ambos, haciendo gala de la mayor tranquilidad que pueda imaginarse, se lanzaron por las ventanas de sus respectivas habitaciones para «darle lo suyo» a algo misterioso que rondaba por el jardín.

El acuerdo entre los presentes se cumplió a rajatabla y nadie reveló nada. Lo único que sabíamos era que si la habitación de alguien estaba embrujada, nadie parecía verse especialmente afectado por ello.

El fantasma en la habitación del Joven Amo B.

Una vez que me hube instalado en la alcoba triangular que tan distinguida reputación se había ganado entre los primeros moradores de la casa, mis pensamientos se dirigieron, como es lógico, a la propia persona del Joven Amo B. Mis especulaciones sobre él eran complejas y muy variadas. Dudé si su nombre de pila era Benjamín, Bissextile (que era como se llamaba a muchos que habían nacido en un año bisiesto),

Bartholomew o Bill. Si su inicial se correspondía con su apellido, y este era Baxter, Black, Brown, Barrer, Buggins, Baker o Bird. Si lo habían encontrado abandonado en el umbral de la casa y había sido bautizado B., a secas. Si era un muchacho valiente y su B era un diminutivo de Briton o de buey. O si era posible que hubiera sido familia de alguna de las damas que habían alegrado las horas de mi propia infancia y fuera de la misma sangre que Mother Bunch.[9]

Me atormenté mucho con estas meditaciones sin propósito. La misteriosa inicial también me acompañaba en mis especulaciones sobre la propia apariencia y dedicaciones del fallecido: me preguntaba así si es que le ponían bigudíes, calzaba botas —no creo que hubiera sido calvo como una bola de billar—, si era un muchacho brillante, le interesaban los barcos, si poseía alguna habilidad como boxeador, incluso si había pasado su boyante juventud bañándose en las playas de Bognor, Bangor, Bournemouth, Brighton o Broadstairs.

De manera que, desde el principio, me sentí bastante afectado por el significado de esa letra B.

No tardé en darme cuenta de que nunca, ni por casualidad, había soñado con el Joven Amo B. o con nada que tuviera que ver con él. Pero, en el instante en que me despertaba, a cualquier hora de la noche, me abrumaban los pensamientos respecto a mi persona, y las horas se me escurrían de entre los dedos tratando de unir su inicial con algo que tuviera algún sentido, por mínimo que fuera.

Durante seis noches seguidas me ocupé de este modo en la habitación del Joven Amo B., hasta que de repente me di cuenta de que algo iba mal.

9. Versión inglesa de la norteamericana Mother Goose —Mamá Ganso—, protagonista de muchos de los cuentos y rimas que se narran a los anglosajones en su tierna infancia.

La primera aparición se me presentó temprano por la mañana, justo cuando comenzaba a amanecer. Estaba levantado, afeitándome delante de mi espejo, cuando de pronto me di cuenta, para mi sorpresa y consternación, de que esa persona que aparecía reflejada en el espejo... ¡no era yo! Yo tenía cincuenta años... Pero, en lugar de mi reflejo, veía a un niño. ¡De pronto descubrí que aparentemente yo mismo era el Joven Amo B.!

Temblé y miré por encima de mi hombro, pero no vi nada. Volví a mirar dentro del espejo y pude ver los rasgos y la expresión de un niño que se afeitaba, pero no para despojarse de una barba, sino más bien para lograr que le creciera una. Presa del espanto, di unas cuantas vueltas por la alcoba y regresé al espejo, resuelto a imprimir firmeza en mi mano y completar así la operación que había quedado momentáneamente interrumpida. Sin embargo, al abrir mis ojos, que había mantenido cerrados para intentar calmarme, me encontré de nuevo frente al espejo. Mirándome fijamente a los ojos, me observaba un hombre joven de unos veinticuatro o veinticinco años. Aterrorizado por esta nueva incursión espectral, cerré los ojos y reuní todas las fuerzas que pude para recuperarme. Al abrirlos de nuevo vi, afeitándose tras el cristal, a mi padre, que hacía tiempo que había muerto. En fin, reconocí incluso a mi abuelo, a quien jamás había visto en vida.

Aunque, como es natural, me encontraba muy afectado por estas apariciones tan increíbles, resolví guardar el secreto hasta en tanto llegase el momento acordado por todos para poner en común nuestras historias. Agitado por una multitud de pensamientos extraños, me retiré a mi habitación aquella noche preparado para hacer frente a alguna nueva experiencia de índole espiritual. Y mi predisposición no fue en vano. Serían las dos de la mañana cuando me desperté de un sueño inquieto. E ¡imaginaos lo que sentí al alargar la mano bajo las sábanas y descubrir que compartía el lecho con el esqueleto del Joven Amo B.!

Me incorporé de un salto, y el esqueleto hizo lo mismo. Entonces escuché una voz lastimera que preguntaba:

—¿Dónde estoy? ¿Qué me ha ocurrido?

Entonces, mirando con atención hacia el lugar de donde provenía la voz, me topé con el fantasma del Joven Amo B.

El espíritu del joven aparecía adornado con unas vestimentas muy pasadas de moda, o más bien no parecía estar vestido, sino empaquetado en una suerte de telas blancas y negras de poca calidad, horriblemente decoradas con botones brillantes. Observé que dichos botones adornaban en filas dobles cada hombro del fantasma y que continuaban hasta descender por su espalda. El espectro llevaba un cuello de encaje. Su mano derecha —la cual constaté que estaba manchada de tinta— reposaba sobre su estómago. Conectando esta acción con algunos casi imperceptibles granos sobre su rostro y con su aire de vaga náusea, concluí que este fantasma era el de un muchacho que en vida había debido de ingerir una gran cantidad de medicinas.

—¿Dónde estoy? —preguntó el pequeño espectro con una voz patética—. ¿Y por qué nací en la época del calomel, y por qué me dieron tanto calomel?

Le contesté que, con total franqueza, no podía darle una respuesta.

—¿Dónde está mi hermanita? —preguntó el espíritu—. ¿Y dónde está mi querida mujercita? ¿Y dónde está ese muchacho con el que fui a la escuela?

Rogué al fantasma que se consolase y que, sobre todas las cosas, no se entristeciera por la pérdida de su amigo de la escuela. Le expliqué que era probable que si volviera a verlo entendería que el reencuentro no habría merecido la pena. Le expliqué que yo mismo había vuelto a ver, a lo largo de mi vida, a varios de los compañeros que tuve en la escuela, y que ni uno solo de ellos había merecido la pena. Expresé mi humilde opinión de que su amigo tampoco la merecería. Le dije que no era más que un personaje de su pasado imbuido de aspectos míticos, una fantasía, una trampa creada por uno mismo. Le conté que la última vez que me había topado con uno de ellos había sido durante una cena, y que mi amigo había aparecido parapetado detrás de una inmensa corbata, y que no tenía opinión ninguna sobre ningún tema de conversación, y que tenía una capacidad de aburrirse absolutamente titánica. Le relaté que, dado que habíamos estado juntos en Old Doylance's, se había invitado a sí mismo a desayunar conmigo (una ofensa social de la mayor magnitud), y cómo yo, animado por la llama pálida de mi esperanza en la valía de los antiguos alumnos de Doylance's, se lo había permitido, y cómo se había revelado como un vagabundo que perseguía a la raza de Adán, con sus extrañas ideas sobre el dinero, especialmente con su propuesta de que el Banco de Inglaterra, bajo la pena de abolición, de inmediato acuñase y pusiera en circulación Dios sabe cuántos miles de millones de billetes de a diez chelines y seis peniques.

El fantasma escuchó en silencio sin apartar su mirada de mí.

—¡Barbero! —apostrofó una vez que hube concluido mi historia.

—¿Barbero? —repetí yo, puesto que no ejerzo dicha profesión.

—Condenado —continuó el fantasma— a afeitar clientes en sucesión: primero yo, después un hombre joven; luego tú, tal como tú eres; después tu padre, después tu abuelo; condenado asimismo a dormir con un esqueleto cada noche y a levantarte junto a él cada mañana.

(Temblé al escuchar este sombrío anuncio.)

—¡Barbero! ¡Sígueme!

Había sentido, incluso antes de que aquellas palabras fueran pronunciadas, que una fuerza me impulsaba a seguir al espectro. Lo hice, y de repente ya no me encontraba en la habitación del Joven Amo B.

La mayoría de la gente ha oído hablar de las largas y fatigosas jornadas nocturnas a las que se sometía a las brujas para que confesaran, y de lo efectivas que eran, puesto que estas solían revelar toda la verdad asistidas por preguntas precisas y bajo amenaza de tortura. Insisto en que, durante el tiempo que ocupé la habitación del Amo B., aquella habitación encantada, su fantasma me llevó con él en expediciones tan largas y escabrosas como las que acabo de mencionar. Es cierto que no fui presentado a ningún anciano decrépito con rabo y cuernos de cabra —un cruce entre Pan y un ropavejero—, anfitrión de recepciones tan absurdas como las que tenían lugar en la vida real y mucho menos decentes, pero me encontré con otras muchas cosas que parecían obedecer al mismo sinsentido.

Ya que confío en que ustedes sepan que digo la verdad y en que seré creído, declaro sin vacilación alguna que seguí al fantasma, en primer lugar, sobre una escoba, y más tarde montado en un pequeño caballo de madera. Podría prestar juramento sobre el olor que emanaba la pintura del animal en cuestión, sobre todo tras el traqueteo constante al que lo sometí. Más tarde seguí al espectro en un vehículo llamado simón (toda una institución con cuyo aroma tampoco se encuentra familiarizada la presente generación, pero que consiste —me atrevo a jurar de nuevo— en una mezcla de establo, perro con sarna y fuelles muy viejos. Sobre esto apelo a la generación que me precedió a fin de que confirme o refute lo que digo). Perseguí al fantasma montado sobre un burro sin cabeza (al menos, sobre uno tan interesado en el estado de su estómago que la tenía todo el tiempo allí metida, investigándolo); sobre ponis que parecían nacidos con el solo propósito de dar coces; sobre tiovivos y columpios de feria; montado en un coche de punto, otra institución ya olvidada en la cual los pasajeros solían dormirse apoyando sus cabezas en el regazo del mismísimo cochero.

Para no abrumarles con un relato detallado de todos mis viajes detrás del fantasma del Amo B., que fueron más extensos y maravillosos que los del propio Sinbad, me limitaré a narrar una experiencia que permita quizás juzgar todas las demás que se produjeron.

Me encontraba mágicamente transmutado. Yo era yo, pero a la vez era otro. Era consciente de algo dentro de mí que había permanecido inmutable durante toda mi vida y que siempre he reconocido en todas sus etapas y variantes, y al mismo tiempo yo no era la misma persona que se había acostado en la habitación del Joven Amo B. Tenía la cara más suave y las piernas más cortas, y había colocado a otra criatura, también de rostro suave y piernas como las mías, detrás de una puerta, donde yo le estaba confiando una proposición de la más increíble naturaleza.

La proposición era la siguiente: que instaurásemos un serrallo.

La otra criatura accedió de inmediato. No poseía noción alguna de respetabilidad, ni yo tampoco la poseía. Era la costumbre de Oriente, del buen califa Haroun Al-Raschid (permítanme que escriba mal el nombre aunque solo sea una vez, ¡tan henchido se encuentra de memorias dulces!), y tal costumbre era respetada y digna de imitación.

—¡Oh! ¡Hagámoslo! —decía la otra criatura dando animados saltitos—. ¡Instauremos un serrallo!

No era porque dudásemos en absoluto del carácter meritorio del tipo de establecimiento que proponíamos importar de Oriente a nuestros lares, sino que creíamos que aquello debía ser ocultado a la señorita Griffin. Era más bien porque sospechábamos que la mujer en cuestión no tenía muchas simpatías por el género humano y era incapaz de apreciar la grandeza del gran Haroun. Lo guardamos en secreto, pues, pero decidimos compartirlo, en cambio, con la señorita Bule.

Éramos diez en la escuela de la señorita Griffin, en Hampstead Ponds: ocho damas y dos caballeros. La señorita Bule, que yo juzgaba que había alcanzado la edad madura a los ocho o nueve años de edad, era la principal anfitriona de nuestros juegos. Le expliqué el asunto en el transcurso de aquel día y propuse que la convirtiéramos en la Favorita.

La señorita Bule, tras batallar con la modestia tan natural y encantadora propia de su adorable sexo, expresó sentirse honrada por la idea, pero deseaba saber antes cuál proponíamos que sería el lugar reservado para la señorita Pipson. La señorita Bule, que le había prometido a aquella joven dama una amistad eterna, compartirlo todo, no tener secretos hasta la misma muerte, promesa que se hizo ante los *Servicios y Lecciones de la Iglesia*, obra completa en dos volúmenes con caja y candado, dijo que ella no podía, como amiga de la señorita Pipson, ocultarle el hecho de que la señorita Pipson no sería una de las Elegidas.

Ahora bien, puesto que la señorita Pipson poseía una cabellera rubia ondulada y unos bonitos ojos azules, lo cual se correspondía con mi idea de cualquier cosa mortal y femenina que pudiera llamarse hermosa, respondí de inmediato que yo consideraba a la señorita Pipson una Hermosa Hada Circasiana.

—¿Y entonces, qué? —preguntó la señorita Bule pensativamente.

Contesté que debía ser cambiada en trueque por un comerciante, traída hasta mí cubierta por un velo y comprada como esclava.

(La segunda criatura, por aquel entonces, había pasado ya a ocupar el segundo puesto dentro del Estado, el de Gran Visir. Más adelante se resistió a que los acontecimientos hubieran sido dispuestos de ese modo, pero le tiré del pelo hasta que bramó de dolor y acabó cediendo.)

—¿Y no sentiré celos? —preguntó la señorita Bule, bajando los ojos con modestia.

—Zobaida, no —contesté—. Tú serás por siempre la Sultana Favorita, la primera en mi corazón, y mi trono será por siempre tuyo.

La señorita Bule, hechas estas aseveraciones, consintió en proponer la idea a sus siete compañeras. Se me ocurrió, en el transcurso del mismo día, que sabíamos que podíamos confiar en una criatura sonriente y de buen corazón llamada Tabby, que era la sirvienta de más baja categoría de la casa. Tanto que valía menos que una cama, y su rostro se encontraba casi de continuo recubierto por una especie de betún negro. Una vez terminé de cenar, deslicé una nota en la mano de la señorita Bule para transmitirle esa idea, refiriéndome al betún negro como un signo de la Providencia, y señalando a Tabby para que hiciera de Mesrour, el celebrado jefe de los Negros del Harén.

Hubo dificultades a la hora de conformar esta institución tan deseada, tal y como ocurre con todos los grupos numerosos. La segunda criatura demostró su bajeza de carácter y, una vez fue vencido en sus aspiraciones al trono, pretendió poseer ciertos escrúpulos para postrarse delante del Califa; se negó a llamarlo Comandante de los Fieles, habló de él de forma despreciativa designándole como un simple «camarada», declaró que no jugaba más —«¡Juega!»— y se comportó de otras muchas formas ofensivas y poco elegantes. La vileza de su comportamiento fue, de cualquier modo, derrotada por la indignación general de un serrallo completamente unido, y yo me convertí en el niño mimado del harén, bendecido por las sonrisas de ocho de las más hermosas hijas de los hombres.

Las sonrisas únicamente podían producirse cuando la señorita Griffin miraba hacia otro lado, y aun entonces solo de una manera muy cautelosa, puesto que existía una leyenda entre los seguidores de la doctrina protestante de que la señorita era capaz de vernos de espaldas mediante un pequeño adorno que tenía en la mitad del bordado de su chal negro. Pero cada día, durante una hora después de la cena, todos nos sentábamos juntos, y entonces la Favorita y el resto del harén real competían sobre quién conseguiría entretener a Haroun el Sereno en su reposo de los asuntos de Estado, los cuales, como ocurre con la mayoría de los asuntos de Estado, tenían que ver con la aritmética, ya que el Comandante de los Fieles era bastante malo haciendo sumas.

En estas ocasiones, el devoto Mesrour, jefe de los Negros del Harén, siempre se encontraba presente (la señorita Griffin solía convocarle con cierta vehemencia), pero no actuaba jamás en ninguna forma que le hiciera ganar reputación histórica. En primer lugar, la manera que tenía de pasar la escoba por el diván del Califa, incluso cuando Haroun portaba sobre sus hombros la túnica roja de la furia (el chal rojo de la señorita Pipson), aunque podía ser disculpada, nunca resultaba completamente satisfactoria. En segundo lugar, su forma de irrumpir al bramido de «¡Qué nenes tan monos!» nunca resultaba ni oriental ni siquiera respetuoso. En tercer lugar, aunque se le había requerido varias veces para que dijera «¡Bismillah!», de continuo exclamaba «¡Aleluya!». Este miembro de la corte, al contrario de los de su clase, tenía demasiado buen humor, mantenía la boca demasiado abierta, expresaba su aprobación de una forma demasiado incongruente, e incluso en una ocasión —fue con ocasión de la compra de la Hermosa Circasiana por quinientas mil bolsas de oro, demasiado barata salió— se permitió abrazar a la esclava, a la Favorita y al Califa, a todo el mundo. (Entre paréntesis, déjenme decir que el Señor bendiga a Mesroud ¡y Dios le haya dado hijos e hijas que hayan hecho sus días más llevaderos desde entonces!)

La señorita Griffin era un modelo de respetabilidad, y no alcanzo a comprender cuáles habrían sido los sentimientos de aquella mujer de virtud intachable si hubiera sabido, cuando nos sacaba de paseo por Hampstead Road en fila de a dos, que caminaba con paso firme a la cabeza de la Poligamia y el Mahometanismo. Creo que contemplar a la señorita Griffin en dicho estado de ignorancia nos embriagaba de una dicha sin igual, y nos embargaba un sentimiento algo malvado de que existía un terrible poder en nuestro conocimiento del que nada sabía la buena señora —que sabía todo lo que podía saberse de los libros—, y ese mismo sentimiento inspiraba que guardásemos el secreto. Y lo guardamos de un modo excelente, aunque en una ocasión estuviéramos a punto de ser descubiertos. Fue un domingo. Los diez nos encontrábamos en una parte bien visible de la iglesia, con la señorita Griffin presidiendo nuestro grupo —como ocurría todos los domingos, cuando publicitábamos la escuela de una forma muy poco secular—. Recuerdo que durante el servicio se leyó la descripción de Salomón y de sus gloriosos arreglos domésticos. En el momento en que se mencionó al monarca, la conciencia me susurró: «¡Tú también, Haroun!». El ministro que oficiaba tenía un defecto en la vista, y eso hacía que pareciera como si estuviese leyendo personalmente para mí. Mi rostro se vio inundado de un poderoso color carmesí y fue anegado por una sudoración considerable. El Gran Visir parecía más muerto que vivo, y el serrallo al completo se ruborizó, como si el atardecer en Bagdad brillara directamente sobre sus hermosos rostros. En este instante terrible se levantó la señorita Griffin y, con una mirada siniestra, pasó revista a los niños del Islam. Mi propia impresión fue que tanto la Iglesia como el Estado se habían puesto de acuerdo con ella en una conspiración para descubrirnos y que pronto nos exhibirían como herejes en mitad de la galería. Pero tan occidental era la señorita en su recta actitud —si se me permite utilizar esta expresión en oposición a nuestras veleidades orientales— que simplemente se limitó a sospechar que estábamos comiendo manzanas, y así nos salvamos.

He dicho que el serrallo se encontraba unido. Era solamente en la cuestión de si el Comandante de los Fieles tenía derecho a ejercitar su poder para besar a las concubinas dentro del santuario de la escuela sobre lo que sus integrantes se encontraban divididos. Zobaida ejercía su derecho, como Favorita que era, de rascarse a su antojo, y la Hermosa Circasiana de refugiar su rostro dentro de una bolsa verde de fieltro, diseñada originariamente para guardar libros. Por otra parte, una gacela de trascendental belleza llegada desde las planicies fructíferas en hermosura de Camden Town (donde había sido comprada por los comerciantes en la caravana que cada medio año cruzaba el desierto tras las vacaciones) sostenía opiniones más liberales, pero reivindicaba que se limitara el beneficio de las mismas únicamente a ese perro hijo de un perro, el Gran Visir, que no tenía derecho a nada, y a quien, por lo tanto, no se cuestionaba. Al final, dicha dificultad fue solventada mediante el nombramiento de una joven esclava como sustituta. La niña, montada sobre una banqueta, recibía de forma oficial sobre sus mejillas los saludos destinados por el gracioso Haroun a las otras sultanas, y era premiada por ello en privado con las arcas de las Damas del Harén.

Y así fue cómo, en el disfrute más alto de mi dicha, me metí en tremendos problemas. Comencé a pensar en mi madre y en lo que diría si llevaba a casa durante las vacaciones de verano a ocho de las hijas más hermosas nacidas de los hombres. Pensé en el número de camas que tendríamos que disponer en la casa, pensé en los ingresos de mi padre y en la factura del pan, y mi melancolía se multiplicó por dos. El serrallo y su malvado Visir, adivinando la causa de la tristeza de su señor, hicieron todo lo posible por aumentarla. Profesaron fidelidad sin límites y declararon que vivirían y morirían por él. Reducido a un estado de tristeza indescriptible por dichas protestas de afecto, me quedaba despierto durante horas enteras, rumiando mi terrible destino. En mi desesperación, creo que habría aprovechado la primera oportunidad que se me presentase para caer de rodillas ante la señorita Griffin, admitiendo paralelismos con Salomón, y rogándole que se me tratase de acuerdo a las ofendidas leyes de mi país, pero una forma de escape imprevista se abrió ante mí.

Un día estábamos paseando en fila de a dos —con ocasión de lo cual el Visir había aprovechado para dar instrucciones de vigilar al muchacho que sostenía la litera, teniendo en cuenta que si profanaba con la mirada a las bellezas del harén, no tendría más remedio que morir ahorcado en el transcurso de la noche— cuando sucedió que nuestros corazones se vieron velados por la pesadumbre. Una acción inexplicable por parte de la gacela nos había hundido en la desgracia más absoluta. Esa encantadora, bajo la excusa de que el día anterior había sido su cumpleaños, había recibido una cesta que contenía grandes tesoros para su celebración (ambas cosas eran mentira), y en secreto, pero de manera insistente, había invitado a treinta y cinco príncipes y princesas del vecindario a un baile con vituallas, con la especificación de que «no se les podría ir a buscar hasta las doce de la noche». Tal invención de la gacela había motivado la llegada por sorpresa ante la puerta de la señorita Griffin de un gran número de invitados vestidos de gala, montados en diversos medios de transporte y acompañados de distintos escoltas, los cuales fueron depositados sobre el escalón de entrada con un rubor de expectación, para luego ser expulsados entre lágrimas. Al comienzo de la doble llamada que suele preceder a estas ceremonias, la gacela se había escondido en un ático trasero, y con cada nueva llegada la señorita Griffin se había ido agitando más y más hasta que finalmente había sido vista rompiendo en jirones su blusa. La rendición por parte de la criminal fue seguida de un ejemplar castigo, y la traidora había sido encerrada en el armario de la ropa a pan y agua, y había motivado una reprimenda para todos, de una duración vindicativa, en la cual la señorita Griffin había usado las expresiones siguientes: a saber, primero, «creo que todos lo sabíais»; segundo, «cada uno de vosotros es tan malo como los demás»; tercero, «sois un grupo de pequeños mezquinos».

Bajo dichas circunstancias, caminábamos todos con el corazón apesadumbrado, yo en especial, sobre quien pesaban en mayor medida las responsabilidades musulmanas que había asumido. Me encontraba, por tanto, de un humor melancólico. En esto, un hombre desconocido se plantó delante de la señorita Griffin y, tras caminar junto a ella durante un buen rato, posó su mirada sobre mí. Suponiéndole un maleante, y sospechando que mi hora había llegado, en un santiamén eché a correr, con el propósito vago de llegar hasta Egipto.

El serrallo al completo gritó cuando me vio correr tan rápido como me permitían mis piernas (tenía la impresión de que si tomaba la primera esquina a la izquierda, y rodeaba la posada, llegaría por el camino más corto hasta las pirámides). Entonces la señorita Griffin salió chillando detrás de mí, el desleal Visir corrió en mi busca y el muchacho en el paso de pago me empujó hacia una esquina como si fuera una oveja, cortando mi huida. Nadie me riñó mientras me cogían y me traían ante la señorita Griffin; la dama se limitó a preguntar, con una gentileza sorprendente, ¡lo cual era muy curioso!, que por qué había salido corriendo cuando el caballero me miró.

Si hubiera conservado el resuello para responder a la pregunta, creo que no habría dicho nada. Al no tener aliento, por supuesto que no ofrecí respuesta alguna. La señorita Griffin y el extraño me tomaron entre ellos y me condujeron de regreso al palacio con toda la ceremonia, pero desde luego que no como si fuera un criminal.

Cuando llegamos allí, entramos sin más en una habitación, y la señorita Griffin llamó a Mesrour, la jefa de los sombríos guardianes del harén, para que la ayudase. Entonces la señorita Griffin le susurró algo al oído a Mesrour, y esta rompió a llorar.

—¡Dios te bendiga, querido mío! —dijo esta buena persona, girándose hacia mí—. ¡Tu padre está muy enfermo!

Pregunté, con el corazón saliéndoseme por la garganta:

—¿Está muy enfermo?

—¡Que el señor te proteja, angelito! —dijo la buena Mesrour, poniéndose de rodillas para que pudiera acomodar mi cabeza sobre sus hombros—. ¡Tu papá ha muerto!

Haroun Al-Raschild se desvaneció con estas palabras, el serrallo desapareció, y desde ese momento no volví a ver a ninguna de las ocho hijas más hermosas de los hombres.

Fui llevado a casa, y allí había tanta muerte como deudas, y se celebró una subasta. Mi pequeña cama fue considerada con tanto desdén por un poder desconocido para mí, llamado vagamente «El Comercio», que una carbonera de bronce, un asador y una jaula fueron puestos encima de ella para constituir un lote completo, y lo vendieron «regalado», o al menos eso escuché, ¡y recuerdo que pensé qué triste regalo sería para alguien!

Entonces me enviaron a una escuela enorme para muchachos, fría, desangelada, donde todas las comidas y las ropas eran gruesas e insuficientes; donde todo el mundo, grande y pequeño, era cruel; donde todos los niños sabían de la subasta antes de mi llegada y me preguntaban cuánto había sacado y quién me había comprado, y me gritaban: «¡Uno, dos… tres! ¡Adjudicado!». Nunca susurré a persona alguna en aquel lugar maldito que yo había sido Haroun, ni que había tenido un serrallo, puesto que era consciente de que, si mencionaba mis fracasos, me habrían hecho objeto de tales humillaciones que no habría tenido más remedio que ahogarme en el estanque lleno de fango cercano al patio, tan marrón como la cerveza.

¡Ay de mí! Ningún otro fantasma ha acosado la habitación de aquel niño, amigos míos, desde que yo la ocupé, más que los fantasmas de mi propia infancia, el espectro de mi inocencia perdida, el espíritu de mis castillos en el aire. En muchas ocasiones he seguido al fantasma, pero ni siquiera con estos pasos del hombre que soy lo he alcanzado, nunca con mis manos de hombre lo he rozado, nunca he conseguido apretarlo contra mi pecho en toda su pureza. Y así me veis ahora, sometido a mi destino, tan despreocupado y agradecido como puedo, sometido a mi destino de afeitar en el espejo a un número continuo de hombres distintos y de acostarme y levantarme con ese esqueleto que se me ha concedido como compañero mortal.

Extraído del ejemplar de *All Year Round*
titulado «La casa encantada»,
Navidad de 1859

EL FANTASMA EN LA HABITACIÓN DE LA DESPOSADA

Era una de esas típicas casa antiguas de pintoresca descripción en las que abundan los grabados pretéritos, y las vigas, y los paneles de madera, y una anticuada y peculiar escalera, con una galería superior separada de la misma mediante una curiosa verja de arcaico roble, o tal vez de caoba antigua de Honduras. La casa era, y es, y será, durante muchos años venideros, una casa extraordinariamente pintoresca. Y la existencia de cierto misterio de profunda naturaleza le otorgaba un carácter de lo más misterioso después de la caída del sol, un misterio que permanecía escondido en lo más recóndito de los paneles de caoba, como si se tratase de un conjunto de estanques de agua oscurecida, estanques parecidos a los que abundaban entre los árboles cuando estos existían.

Una vez que el señor Goodchild y el señor Idle llegaron a la puerta y se internaron en el hermoso pero sombrío vestíbulo, fueron recibidos por media docena de ancianos que deambulaban en el más absoluto silencio, todos vestidos de negro, de idéntica manera. Luego, los viejos se deslizaron escaleras arriba, acompañando al casero y al mesonero con arcaica amabilidad, pero sin entorpecerlos en ningún momento, y tampoco sin que pareciera importarles si lo hacían o no realmente, desapareciendo a continuación a derecha y a izquierda del corredor al tiempo que los dos huéspedes entraban en la sala de estar. Todo esto ocurría a plena luz del día. No obstante, una vez cerraron la puerta tras ellos, el señor Goodchild no pudo evitar exclamar:

—Pero ¿quién demonios eran esos viejos?

Y más tarde, en sus entradas y salidas sucesivas, se dieron cuenta de que, por más que buscaran por toda la casa, aquellos viejos parecían haberse volatilizado.

No habían vuelto a ver a ninguno de ellos desde que llegaran; ni tan siquiera a uno solo. Los dos hombres pasaron aquella noche en la casa, pero no volvieron a ver a ninguno de los ancianos. El señor Goodchild, en sus excursiones por el edificio, se había asomado a pasillos y oteado a través de umbrales, pero no había encontrado ni rastro de ellos. Tampoco parecía que ningún hombre de edad avanzada fuera esperado, o incluso se le considerara perdido, por ninguno de los empleados del establecimiento.

Otro hecho singular les llamó poderosamente la atención. Por alguna razón que a ellos se les escapaba, la puerta de su salita de estar parecía no quererse quedar quieta durante un cuarto de hora seguido. Alguien la abría sin vacilación, haciendo gala de una total seguridad, bien practicando apenas una breve hendidura, o bien de par en par, para cerrarse luego sin motivo. No había nada que explicase aquel fenómeno. Daba igual lo que estuvieran haciendo: leyendo, escribiendo, comiendo, bebiendo o hablando, o simplemente descansando; la puerta de su salita se abría siempre cuando menos lo esperaban, y en cuanto ambos giraban la mirada hacia ella, la puerta volvía a cerrarse. Y si corrían a mirar afuera, resultaba que no había nadie por ningún lado. Cuando esto se había repetido unas cincuentas veces seguidas más o menos, el señor Goodchild levantó la mirada de su libro y le dijo a su compañero medio en broma:

—Empiezo a pensar, Tom, que había algo extraño en esos seis viejos.

De nuevo se hizo de noche. Llevaban escribiendo dos o tres horas (escribiendo, para que nos entendamos, varias de las notas sin importancia de las cuales salen las hojas sin importancia que ustedes sostienen en estos momentos en sus manos). Habían dejado de trabajar ya, y las gafas de ambos reposaban sobre la mesa. Todo estaba en silencio. Thomas Idle se había echado sobre el sofá y, alrededor de su cabeza, volaban volutas de humo aromático. Francis Goodchild estaba medio tumbado en la silla con las manos cerradas sobre su barriga, las piernas cruzadas y las sienes decoradas de la misma manera que las de su compañero.

Habían estado discutiendo varios temas sin importancia, incluyendo la naturaleza de aquellos ancianos tan extraños, y aún se encontraban en ello cuando el señor Goodchild cambió de forma abrupta su actitud para darle cuerda a su reloj. Ambos se encontraban en aquel momento inmersos en una somnolencia tan incipiente que el más mínimo incidente era suficiente para alertarlos. Thomas Idle, que estaba hablando en aquel momento, se detuvo bruscamente y preguntó:

—¿Qué marca el reloj?

—La una —contestó Goodchild.

Entonces, como si en lugar de preguntar la hora acabara de ordenar la presencia de un misterioso viejo, y dicha orden se llevara a cabo de inmediato (como en efecto ocurría con todas las órdenes en aquel excelente hotel), la puerta se abrió y un anciano apareció en el umbral.

El hombre no entró, sino que se quedó con la mano en el picaporte.

—¡Tom, al fin, uno de los seis viejos! —exclamó el señor Goodchild con sorpresa—. Caballero, ¿qué se le ofrece?

—Caballero, ¿qué se le ofrece a *usted*?

—Yo no he llamado.

—Pues alguien hizo sonar la campana —dijo el anciano.

Dijo *campana* con una voz tan profunda que cualquiera habría pensado que se refería a la campana de una iglesia en lugar de a la campanilla de servicio.

—¿Tuve el placer, o eso creo, de encontrarme ayer con usted? —preguntó Goodchild.

—No podría asegurarlo —fue la desconcertante respuesta del anciano.

—Pero me parece que usted sí me vio, ¿no es así?

—¿Verle? —dijo el viejo—. Oh, sí, por supuesto que le vi. Pero todos los días veo a muchos otros que no me ven a mí.

Era aquel un anciano frío, grosero, con una mirada intensa clavada en la del señor Goodchild. Un anciano cadavérico, de discurso medido. Un anciano que parecía incapaz de pestañear, como si tuviera los párpados pegados a la frente. Un anciano cuyos ojos —dos puntos de fuego— no poseían mayor movimiento que si hubieran estado atornillados a la nuca, conectados por algún cable a la cara, y luego hubieran sido asegurados con un enganche oculto entre su cabello canoso.

Según la noche fue avanzando, refrescó tanto que el señor Goodchild se puso a temblar. Comentó, medio en broma y medio en serio:

—Parece como si alguien estuviera caminando sobre mi tumba.

—No —dijo el extraño anciano—, sobre su tumba no hay nadie.

El señor Goodchild miró al señor Idle, pero la cabeza de su amigo se encontraba envuelta en humo.

—¿Cómo dice usted?

—Que no hay nadie sobre su tumba; puedo asegurárselo —dijo el anciano.

Cuando se pudo dar cuenta, el anciano había entrado ya en la habitación y había cerrado la puerta tras él. A continuación, tomó asiento. No se dobló para sentarse como hacía otra gente, sino que dio la impresión de hundirse todavía erguido, como si entrara en agua, hasta que la silla detuvo su caída.

—Mi amigo, el señor Idle —dijo Goodchild señalando a su compañero, con un interés inusitado por introducir a una tercera persona en la conversación.

—Estoy —dijo el anciano— al servicio del señor Idle.

—Si es usted un antiguo habitante de este lugar... —comenzó el señor Idle.

—Así es.

—Tal vez pueda resolver una duda que mi amigo y yo teníamos esta mañana. ¿Me equivoco al creer que en el pasado solían traer a los criminales a este castillo para que los ahorcasen?

—Creo que está en lo cierto —dijo el anciano.

—Y esos criminales ¿eran ahorcados quizá mirando hacia esta fachada tan imponente?

—No —contestó el anciano—. Cuando te colgaban, te hacían mirar hacia la muralla. Primero te ataban, y entonces podías ver las piedras expandiéndose y contrayéndose con violencia bajo tus pies, y una expansión y contracción similares parecían tener lugar en tu cabeza y en tu pecho. Luego había una corriente de fuego y como un terremoto, y entonces el castillo se elevaba en el aire, y tú mismo sentías como si te estuvieras cayendo por un precipicio.

Su corbata parecía molestarle en algún sitio. Se llevó la mano al cuello y lo movió de un lado para otro. El anciano tenía la cara hinchada, con la nariz torcida hacia un lado, como si le hubieran metido un garfio por ella y hubieran tirado violentamente. El señor Goodchild se sintió tremendamente incómodo y comenzó a pensar que aquella noche en realidad no hacía frío; más bien empezaba a sentir calor.

—Una descripción muy vívida —observó.

—Lo que era vívida era la sensación, más bien —replicó el anciano.

El señor Goodchild volvió a mirar al señor Idle. Pero Thomas estaba observando atentamente al anciano y no le devolvió la mirada a su amigo. En este momento, al señor Goodchild le pareció ver hebras de fuego brotando de los ojos del anciano y enganchándose a los suyos. (El señor Goodchild describe esta parte de su experiencia y, con la mayor solemnidad posible, protesta que le sobrevino una fuerte sensación de que lo obligasen a mirar desde aquel momento fijamente al anciano a través de aquellas líneas llameantes.)

—Es mi deber contárselo todo —dijo el anciano, con la mirada pétrea como un río y fantasmagórica.

—¿El qué? —preguntó Francis Goodchild.

—Vamos. Si usted sabe perfectamente dónde ocurrió todo. ¡Por ahí!

Si señaló hacia la habitación superior, o tal vez hacia la inferior, o hacia cualquier otra habitación en aquella casa pretérita, o tal vez hacia alguna habitación situada en alguna otra casa pretérita de aquella ciudad pretérita, el señor Goodchild no estuvo seguro, ni lo está ahora ni lo estará nunca. Se sintió confundido por el hecho de que el dedo índice del anciano diera la impresión de introducirse en uno de los extremos de aquella pátina de fuego para incendiarse al momento, y que se transformase en un punto en llamas en mitad del aire que señalaba hacia algún sitio indeterminado. El dedo, tras haber indicado un lugar impreciso de esta manera, se apagó.

—Ella era la novia, ya lo sabe —dijo el anciano.

—Lo que sé es que todavía siguen sirviendo su pastel nupcial —vaciló el señor Goodchild—. Vaya, esta corriente de aire resulta algo opresiva.

—Era la novia —dijo el anciano—. Era una chica pálida, con el pelo del color del heno, una muchacha de ojos grandes, sin carácter, que no servía para nada. Una muchacha débil, incapaz de nada, un cero a la izquierda. No era como su madre. No, no. Ella tenía el carácter de su padre.

Su madre se había encargado de asegurarlo todo para su propio bienestar cuando el padre de esta muchacha (una niña por aquel entonces) murió, y fue por su poca voluntad para vivir por lo que murió el buen señor, puesto que no estaba aquejado de ninguna enfermedad. Y, entonces, ÉL reanudó la amistad que lo había unido a la madre tiempo atrás. Él, en realidad, había sido apartado por el hombre del pelo color heno y los ojos grandes (o sea, por el don nadie), o más bien por el dinero que este tenía. Eso podía perdonarlo, porque había dinero de por medio. Lo que él quería era una compensación en dinero.

De manera que regresó al lado de aquella mujer, la madre, la engatusó de nuevo, le prestó toda su atención y se sometió a todos los caprichos de la señora. Ella casi quiebra su voluntad con todos las manías que mente humana pudiera imaginar o inventar. Pero él lo soportó estoicamente. Y cuanto más lo soportaba, más deseaba su compensación económica, y más se empeñaba en que finalmente sería suya.

¡Pero cuidado! Antes de que la consiguiera, ella demostró ser más lista que él. Durante una de sus rabietas, la mujer se endureció igual que el hielo, y ya nunca volvió a ser la misma. Una noche, se llevó las manos a la cabeza entre gritos, se puso rígida como una muerta y, tras permanecer así varias horas, murió. Una vez más, él se había quedado sin su dinero... Tendría que esperar. ¡Que se la lleven los demonios! Ni un penique iba a sacar de todo aquello.

Durante aquella segunda tentativa, él la había odiado y había esperado con impaciencia a que llegara el momento de su venganza. Falsificó la firma de la muerta sobre un documento en que ella dejaba todo lo que poseía a su hija, que contaba entonces apenas diez años. A ella, según el documento, debían ser transferidas todas sus propiedades sin excepción. De igual manera, el documento lo designaba a él como el tutor legal de la pequeña. Mientras él lo escondía debajo de la almohada de la cama sobre la que ella estaba de cuerpo presente, se aproximó a la oreja sorda de la muerta y susurró:

—Doña Orgullo, hace mucho tiempo que he decidido que, viva o muerta, debes compensarme con dinero.

De manera que ahora solo quedaban ellos dos: ÉL y la niña pálida con el pelo color heno, la niña boba de ojos grandes, que más tarde se convertiría en su novia desposada.

Él se afanó en educarla acorde con sus deseos. Buscó a una mujer sin escrúpulos que la vigilase y la encerró en una casa antigua, oscura y opresiva, y llena de secretos.

—Mi querida dama —le dijo—, ante usted tiene una mente que debe ser moldeada. ¿Me ayudará usted a domesticarla?

La mujer aceptó el encargo. A cambio del cual ella, también, esperaba su compensación económica. Y vaya si la obtuvo.

La chica fue educada en el temor a ÉL y en la convicción de que jamás podría escaparse de su lado. Se la enseñó, desde el principio, a considerarlo su futuro marido, el hombre que algún día la desposaría; constituía aquel un destino sombrío y sin escapatoria, una certeza que no podía ser evitada. La pobre tonta era como cera blanca y suave en las manos de ambos, padrastro e institutriz, y aceptó todo cuanto se le dijo. Con el tiempo, la niña se endurecería, y aquella nueva dureza se convertiría en su segunda naturaleza, inseparable de ella misma, y de la que solo podría escaparse si previamente se le arrancaba la vida.

Durante once años habitó en aquella casa oscura y en el lóbrego jardín que la circundaba. La mantenían encerrada, puesto que él no soportaba que el aire o la luz la rozasen siquiera. Cegó las amplias chimeneas, cubrió las pequeñas ventanas, permitió que la hiedra se extendiese a su antojo cubriendo la fachada de la casa y que el musgo se acumulase sobre los árboles frutales sin podar en el jardín amurallado por una pared de ladrillo rojo, y también que las malas hierbas ocultaran los caminos verdes y amarillos. La obligó a vivir rodeada de visones inequívocas de pesadumbre y desolación. Consiguió que creciera aterrorizada por el lugar y por las historias que se contaban sobre él, con el único objeto de —so pretexto de demostrarle lo infundados que eran esos cuentos— abandonarla sola, o bien obligarla a permanecer encogida de miedo en algún pasaje oscuro. Y cuando su mente se encontrara más indefensa, sobrecogida por inquietantes terrores, entonces él saldría de uno de los lugares secretos en los que solía esconderse a espiarla, y se presentaría como su único salvador.

De esta manera, al serle presentado desde su infancia como la única persona en la que se personificaban tanto el poder de prohibir como el de aliviar, se aseguró una sombría influencia sobre la débil muchacha. Ella tenía veintiún años y veintiún días cuando ambos entraron en la lóbrega casa como marido y mujer: su sumisa esposa de tres semanas, medio tonta y asustada.

Por entonces, él había despedido ya a la gobernanta —pues aquello que le quedaba por hacer era mejor hacerlo sin testigos—, y ambos regresaron una noche de lluvia al escenario en el que ella había sido sometida a su larga preparación.

La lluvia se derramaba gota tras gota desde el tejado del porche cuando ella, parada en el umbral, se volvió hacia él y dijo:

—Oh, señor, ¡es el sonido del reloj de la muerte contando los segundos que me quedan!

—Bueno —respondió el—, ¿y qué si lo es?

—Oh, señor —respondió la joven—, tenga compasión de mí y tenga misericordia. Le ruego que me disculpe. Haré todo lo que me pida si me perdona.

Aquella se había convertido en la cantinela constante de la pobre tonta, junto con «Discúlpeme», y «Perdóneme».

Ella ni siquiera merecía su odio, y él no sentía por ella nada más que indiferencia. Pero hacía ya mucho tiempo que ella se interponía en su camino y que él había perdido la paciencia, y su trabajo estaba prácticamente concluido; inevitablemente, este tenía que ser llevado a su fin.

—¡Estúpida! —le dijo—. ¡Vete arriba!

Ella le obedeció con prontitud, murmurando mientras lo hacía: «Haré todo lo que usted me pida». Él se retrasó un rato todavía mientras echaba todos los cerrojos de la pesada puerta —puesto que se encontraban solos en la casa y él había pedido a los sirvientes que vinieran durante el día y se marcharan al anochecer— y, cuando entró en la habitación que habían preparado para la recién casada, la encontró encogida en la esquina más remota, como si la hubieran empotrado dentro. Tenía el pelo color heno desordenado alrededor de la cara, y sus ojos inmensos observaban al recién llegado con un vago terror.

—¿De qué tienes miedo? Ven aquí y siéntate a mi lado.

—Haré todo cuanto me pida. Le ruego que me disculpe, señor. ¡Perdóneme! —fue todo lo que ella pudo decir, con su perenne vocecita monótona.

—Ellen, aquí te dejo un documento. Debes copiarlo mañana, de tu propio puño y letra. No estaría de más que la gente te viese ocupada en ello. Cuando lo hayas copiado correctamente y hayas corregido todos los errores, busca a dos personas cualquiera que estén en la casa en ese momento y firma con tu nombre delante de ellos. Después guárdatelo en el corpiño, donde estará seguro, y cuando yo venga a sentarme mañana contigo, me lo darás sin que yo te lo pida.

—Lo haré todo con el mayor de los cuidados. Haré todo lo que usted desee.

—Entonces no tiembles de esa manera.

—Intentaré no temblar, ¡pero solo si me perdona!

Al día siguiente, ella se sentó en su escritorio e hizo lo que él le había ordenado. Él se pasaba a menudo por la habitación para observarla, y en todas sus visitas la encontraba absorta en su papel, escribiendo con parsimonia. Se repetía para sí misma las palabras que copiaba de forma mecánica y sin importarle el significado de las mismas, sin siquiera tratar de entenderlo. De ese modo completó su tarea. Él la vio asimismo cumplir en todos sus particulares con las directrices recibidas. Y al llegar la noche, cuando se encontraban de nuevo a solas en su habitación de novia recién desposada, él aproximó su silla al fuego, y ella se acercó a él tímidamente, se sacó el papel del corpiño y lo puso en las manos del hombre.

El documento aseguraba que todas sus posesiones pasarían a manos de él si ella fallecía. Él la agarró y la miró a los ojos fijamente. Entonces le preguntó, con las palabras justas, y las más sencillas que pudo encontrar, si entendía lo que acababa de firmar.

Había manchas de tinta sobre el corpiño de su traje blanco que hacían parecer su rostro más macilento aún de lo que solía ser, y sus ojos más grandes, mientras asentía con la cabeza. Había manchas de tinta sobre su mano, que utilizaba para jugar nerviosamente con sus faldas blancas, plantada de pie frente a él.

Él la agarró del brazo y la miró todavía más fijamente.

—¡Y ahora, muérete! No quiero saber nada más de ti.

Ella se encogió y reprimió un gemido de espanto.

—No voy a matarte. No pienso poner mi vida en peligro por tu causa. ¡Muérete!

Y a partir de entonces, subía cada día y se sentaba ante ella, en aquella lóbrega habitación preparada para los desposorios, y la espiaba a todas horas, aun de noche, y su mirada transmitía esa misma palabra fatídica en las ocasiones en las que no llegaba a pronunciarla con los labios. Cuando los ojos de la muchacha, grandes y ausentes de significado, abandonaban las manos, con las que se sostenía la cabeza, para implorar clemencia a la opresiva figura que permanecía sentada a su lado con los brazos cruzados y el ceño fruncido, lo que podían leer en aquella pétrea expresión de él era: «¡Muérete!». Cuando caía dormida y exhausta, era devuelta a la conciencia mediante un escalofriante susurro: «¡Muérete!». Cuando por fin lograba superar entre sufrimientos la noche interminable y el sol se elevaba, inundando de luz la penumbrosa habitación, él la saludaba con la frase: «¿Cómo? ¿Otro día más y aún no te has muerto?».

Ocurrió durante una mañana de viento, antes de que amaneciera. Él luego calculó que serían alrededor de las cuatro y media, pero ese día se había olvidado de darle cuerda a su reloj y no podía estar seguro del todo de qué hora era. Ella se había deshecho de él durante la noche con un estremecedor e inesperado grito, el primero de una larga serie, y él se había visto obligado a taparle la boca con las manos. Entonces, ella se había arrastrado a un rincón de aquella habitación recubierta de paneles de madera y se había quedado allí acurrucada, en silencio y sin moverse. Y él la había dejado en el rincón y había regresado a su silla con los brazos cruzados y el ceño fruncido.

Entonces la vio venir hacia él arrastrándose por el suelo, más pálida aún bajo aquella luz mortecina del amanecer, el pelo desmadejado y el vestido y su mirada salvaje como impulsados por una mano torcida.

—¡Oh, perdóneme! Haré lo que desee. ¡Señor, le ruego que me diga que puedo vivir!

—¡Muérete!

—¿Tan resuelto está a que muera? ¿Es que no hay esperanza para mí?

—¡Muérete!

Sus ojos grandes se esforzaban en mirarle a través de la sorpresa y del terror; luego, la sorpresa y el terror mutaron en reproche, y el reproche se convirtió a su vez en una oscura nada. Estaba hecho. Al principio él no estuvo seguro de que lo estuviera; lo estuvo, sin embargo, de que el sol de la mañana colgaba joyas en el pelo de ella; pudo ver diamantes, esmeraldas y rubíes, brillando entre el cabello en puntos diminutos. Entonces, al fin la cogió en brazos y la depositó sobre la cama.

Pronto fue la tierra donde la depositaron. Y por fin no quedaba nadie más, y él había obtenido con creces la compensación que se merecía.

Tenía la idea de viajar. En absoluto pretendía malgastar su dinero, puesto que era un hombre bastante rácano que disfrutaba indeciblemente cuando lo poseía (más que cualquier otra cosa, de hecho). Pero se encontraba cansado de aquella casa desolada, y anhelaba darle la espalda y no tener que volver a verla nunca más. Pero la casa valía dinero, y el dinero no podía tirarse así como así. Decidió venderla antes de partir. Contrató trabajadores que se ocuparan de los jardines, con el propósito de que la casa pareciera algo menos decrépita y así poder conseguir un precio más elevado por ella. Debían cortar la madera muerta, podar la hiedra que caía en grandes cantidades sobre las ventanas y las tejas, y despejar los caminos en los que las malas hierbas crecían hasta la rodilla.

Él mismo trabajó con ellos. Se quedaba enfrascado en alguna tarea cuando los trabajadores se habían marchado, y una noche, hacia el crepúsculo, se encontró trabajando con una podadera. Era una noche de otoño, y su desposada llevaba muerta ya cinco semanas.

—Está oscureciendo demasiado para continuar trabajando —se dijo—. Debo dejarlo por hoy.

Detestaba la casa, y ya solo entrar en ella le suponía un suplicio. Miró hacia el porche sombrío, que lo esperaba allí, como una tumba, y sintió que la casa estaba maldita. Cerca del porche, justo al lado de donde se encontraba en aquel momento, había un árbol cuyas ramas se balanceaban frente a la ventana de la habitación de la desposada, la habitación donde todo había ocurrido. El árbol giró de repente, y entonces él pegó un salto. El árbol volvió a moverse, aunque la noche estaba tranquila y no había viento. Miró hacia arriba y vio una silueta entre sus ramas.

Era la silueta de un hombre joven que lo miraba desde la copa del árbol. Las ramas se balancearon y crujieron; la silueta descendió con rapidez y se deslizó hacia él. Era un hombre joven y bien formado, más o menos de la edad de la joven, con una larga melena de color castaño claro.

—¡Menudo ladronzuelo estás hecho! —le dijo, agarrándolo por el cuello.

El joven, al soltarse, le propinó un golpe con el brazo que le alcanzó la cara. Se prepararon para pelear, pero el joven dio un paso atrás, gritando con un vozarrón estremecedor:

—¡No me toques! ¡Preferiría que me tocase el diablo!

Él se quedó de pie, con la podadera en las manos, mirando al joven, puesto que la mirada del joven era como aquella mirada última de ella, y él no había creído que volvería a verla jamás mientras viviera.

—No soy un ladrón. Incluso si lo fuera, no tocaría ni una moneda de tu fortuna, aunque me bastara para comprar las Indias. ¡Asesino!

—¡¿Qué?!

—Yo trepé por primera vez ese árbol —dijo el joven señalando el tronco que había a su espalda— una noche hace cuatro años. Y lo hice solamente para así poder mirarla. Recuerdo cuando la vi allí, en la habitación. Hablé con ella. Desde entonces trepé por este árbol muchas noches solo para verla y escucharla. No era más que un niño que se refugiaba entre sus ramas cuando ella me entregó esto desde la ventana.

Le enseñó un rizo de pelo color heno, atado con un fúnebre lazo negro.

—Su vida —continuó el joven— estuvo siempre marcada por el luto. Ella me dio esto como prueba de esa circunstancia y como señal de que estaba muerta para todos excepto para ti. Si hubiera sido mayor, si la hubiera visto antes, tal vez podría haberla salvado de tus garras. Pero ella se encontraba ya presa en tu tela de araña la primera vez que trepé por el árbol. ¿Y qué esperanza me quedaba de poder liberarla?

Mientras desgranaba su historia se había ido abandonando poco a poco a un sollozo, débil al principio, que pronto se convirtió en un agitado llanto.

—¡Asesino! Trepé por el árbol la noche en que la trajiste de regreso convertida ya en tu esposa. Escuché de sus propios labios referirse al reloj de la muerte que contaba los segundos que le quedaban de vida. Tres noches, mientras permaneciste encerrado con ella, yo atisbaba desde las ramas, observándote mientras la matabas lentamente. Desde el árbol la vi muerta, tendida sobre su cama. Te he estado observando todo este tiempo, esperando hallar alguna prueba de tu culpabilidad. Todavía no puedo probar nada, ya que continúa siendo un misterio para mí la manera en que las cosas se han desarrollado. Pero no pienso dejarte en paz hasta que le hayas entregado tu vida al verdugo. ¡Nunca, hasta entonces, te librarás de mi presencia! ¡Yo la amaba! Nunca podré perdonarte. ¡Asesino! ¡Yo la amaba!

El sombrero del joven yacía junto al árbol. Se le había caído allí mientras descendía por el tronco. El muchacho comenzó a caminar en dirección a la verja. Para llegar hasta ella, tenía que pasar por su lado. Había espacio de sobra entre ambos. Dos carruajes podrían haberse cruzado perfectamente en aquel sendero sin que ninguno de ellos tuviese que modificar su trayectoria; el joven, mientras se alejaba, se separó del dueño de la casa todo cuanto le fue posible. Su rostro y sus propios movimientos evidenciaban su profunda repugnancia por aquel hombre. Este (y ahora me refiero al otro), mientras tanto, no había logrado mover un solo músculo desde que se detuviera para mirar al joven. Ahora giró su cara para seguirlo con los ojos. En el mismo momento en que el joven se encontraba frente a él, de espaldas, vio claramente una línea roja y curva que se extendía desde su propia mano hasta la desnuda nuca del chico. Supo entonces, incluso antes de usar la podadera, dónde había impactado su golpe fatídico. Digo «impactado», y no «habría impactado», puesto que, según su visión del asunto, la cosa estaba hecha incluso antes de que él lo acometiera. La podadera partió en dos la cabeza del muchacho, y se quedó allí atrancada. Vio cómo este se desplomaba y cómo su cara se estampaba contra el suelo.

Enterró el cuerpo esa misma noche, a los mismos pies del árbol. Tan pronto como clareó el día, se afanó en remover toda la tierra cercana al tronco, y cortó y cercenó todas las ramas y los arbustos cercanos. Cuando llegaron los trabajadores, no había nada en el lugar que hiciese pensar que allí había ocurrido un asesinato, así que nadie sospechó nada.

Sin embargo, en un instante de obcecación había echado por tierra todos sus proyectos y destruido el plan triunfal que le había tenido ocupado durante tan largo tiempo y que había llevado a la práctica con tanto éxito. Había conseguido librarse de la desposada y heredar una fortuna sin poner en peligro su vida, pero ahora, con una muerte que no le reportaría jamás ganancia alguna, acababa de condenarse a vivir con una cuerda rodeándole el cuello.

Además, ahora se encontraba encadenado a aquella casa que tan cargada estaba de melancolía y de horror, y no se creyó capaz de soportarlo. Estaba obligado a vivir en ella, puesto que le asustaba venderla, o incluso dejarla abandonada, y que se descubriera algo en su ausencia. Contrató a un matrimonio de ancianos como criados y decidió quedarse en ella, aunque presa de un continuo sobrecogimiento. Durante mucho tiempo, lo más difícil fue saber qué haría con el jardín. ¿Cuál sería la manera más segura de no atraer la atención hacia él? ¿Debía mantenerlo cuidado o, por el contrario, dejar que se echase a perder como antaño?

Él mismo se consagró al mantenimiento del jardín, lo cual le mantenía entretenido por las tardes, en ocasiones requiriendo la ayuda del anciano, pero no permitiéndole nunca que trabajara él allí solo. Y se construyó un cobertizo que apoyó contra el árbol, de manera que pudiera sentarse en él y asegurarse de que estaba todo bajo control.

Con el cambio de las estaciones mutaba el árbol también, y su mente percibía la llegada de peligros que mutaban de igual modo en su imaginación. Durante el tiempo en que las hojas empezaron a crecer de nuevo, le pareció que las ramas superiores del árbol iban adoptando la forma de un hombre joven y que replicaban con exactitud la silueta de alguien sentado sobre una rama que mecía el viento. Durante la época en que tocaba que cayeran las hojas, le pareció que estas se desprendían formando palabras delatadoras sobre el sendero, o incluso que tenían tendencia a agruparse en protuberancias que recordaban a tumbas sobre el lugar en que el malhadado joven estaba enterrado. Durante el invierno, cuando el árbol se encontraba desnudo, se hallaba convencido de que las ramas se balanceaban repitiendo la versión fantasmal de aquel golpe que el joven le había dado, y que esos movimientos constituían abiertas amenazas. En la primavera, cuando la savia trepaba por el tronco, se preguntó si ínfimas partículas de sangre del muchacho estarían trepando transportadas por ella, para formar, de forma más obvia si cabe todavía este año que el pasado, la figura del joven balanceándose entre las hojas.

Sin embargo, consiguió multiplicar su dinero una vez y otra, y de nuevo una vez más. Estaba metido en negocios turbios, negocios que reportaban ganancias considerables, negocios secretos que lo convertían todo en oro. En el espacio de diez años había multiplicado su dinero tantas veces que todos los comerciantes y los armadores que trataban con él no mentían —por una vez— cuando declaraban que sus tratos con él habían incrementado sus fortunas en un mil doscientos por ciento.

Cierto es que fue hace cien años cuando él vivió, y fue entonces cuando poseyó sus riquezas, y por entonces la gente desaparecía con facilidad. Sabía, además, quién era el joven al que había matado, puesto que supo que, cuando desapareció, se había organizado incluso una búsqueda. Pero poco a poco el asunto fue calmándose, y todo lo relacionado con el muchacho se olvidó.

El ciclo anual de los cambios físicos que afectaban al árbol se repitió diez veces más desde aquella noche fatídica en que el muchacho murió. Entonces se desató una gran tormenta sobre toda la comarca. Estalló a medianoche y estuvo rugiendo hasta bien entrada la mañana. Cuando amaneció, lo primero que su viejo sirviente le dijo fue que el árbol había sido alcanzado por un rayo.

El rayo había alcanzado al árbol de lleno y lo había partido en dos: una de las mitades cayó contra la pared de la casa y la otra contra un tramo de la vieja muralla de ladrillo rojo, y en su caída había abierto una hendidura. Se despertó una enorme curiosidad en toda la comarca por ver el árbol. Él, que vio revivir sus antiguos miedos, se pasaba el día sentado en su cobertizo —ya era un hombre viejo por entonces— y se dedicaba a observar a la gente que peregrinaba hasta allí para contemplarlo.

Los curiosos comenzaron a acudir con rapidez, en un número tan alarmante que su propietario se vio obligado a clausurar la verja del jardín y rehusó admitir a nadie más. Pero ocurrió que entre los visitantes se encontraban varios científicos que habían viajado desde una distancia considerable para estudiar el árbol, y él, en una hora fatídica, los dejó entrar. ¡Qué el demonio se los lleve a todos!

Querían excavar la ruina de árbol desde las raíces, y examinarlas con cuidado, y también la tierra a su alrededor. ¡Nunca! ¡No mientras él viviera! Le ofrecieron dinero. ¡Ellos! ¡Científicos a los que podría haber comprado al peso con un garabato de su pluma! Los condujo una vez más hacia la verja del jardín y echó el candado tras ellos.

Pero aquellos hombres no eran de los que aceptaban un no por respuesta, y sobornaron al anciano criado, un tipo desdichado y desagradecido que tenía el hábito, siempre que recibía su paga, de quejarse de que en realidad merecía más dinero por su trabajo. Entraron los científicos en el jardín por la noche armados con sus linternas, sus picos y sus palas, y se lanzaron sin más sobre los restos del árbol. Él, mientras, descansaba en una habitación de la torre, al otro lado de la casa (la habitación de la desposada había permanecido sin ocupar desde que ocurrieron los fatídicos hechos que provocaron su muerte), pero no tardó en soñar con picos y palas. Un ruido le despertó y se levantó de la cama.

Se asomó a una ventana superior de aquel ala de la casa, desde donde pudo otear a los hombres con sus linternas y también la tierra removida en un montículo en el mismo lugar en el que él mismo había hecho lo propio tantos años antes. Los científicos habían encontrado el cadáver. Los hombres se inclinaban sobre el muerto. Uno de ellos decía: «El cráneo está fracturado», y otro: «Mira, aquí están los huesos», y otro más: «Y aquí están las ropas», y a continuación el primero volvía a meter la pala mientras exclamaba: «¡Una podadera oxidada!».

A partir del día siguiente notó que lo estaban sometiendo a una estrecha vigilancia, y también que no le era posible ir a ninguna parte sin ser seguido. Antes de que transcurriera una semana, fue detenido y puesto a buen recaudo. Las circunstancias se fueron conjurando en su contra, con una maldad que parecía manar de la propia desesperación, así como de un apabullante buen juicio entre sus convecinos. ¡Escucha cómo se le aplicó la justicia de los hombres! Fue cargado con la acusación de haber envenenado a la joven en la habitación de la desposada. Él, que había puesto tanto cuidado en no correr ningún peligro por su causa, que la había observado dejarse morir por causa de su propia incapacidad para vivir.

Se dudó por cuál de los dos asesinatos debía ser juzgado primero; al final eligieron el que realmente había cometido, lo declararon culpable y lo condenaron a muerte. ¡Desgraciados sedientos de sangre! Lo habrían acusado de cualquier cosa, tan convencidos estaban de que debía pagar con su propia vida.

Su dinero no podía salvarle, y fue ahorcado. Pues bien. He de decirle que *yo* soy *él*. Yo soy ese individuo. ¡*Fue a mí* a quien ahorcaron hace cien años en el castillo Lancaster mientras me obligaban a mirar hacia la muralla!

Tras este terrorífico anuncio, el señor Goodchild trató de ponerse en pie y gritar. Pero las dos líneas de fuego que se extendían desde los ojos del anciano hacia los suyos le impedían siquiera moverse, y encontró que tampoco era capaz de emitir sonido alguno. Su sentido del oído, sin embargo, estaba intacto, y pudo escuchar el reloj dar las dos de la mañana. ¡Entonces, tan pronto como dieron las dos, vio que tenía delante a dos ancianos!

Dos.

Cada uno de ellos conectando su mirada a la de él mediante dos líneas de fuego; cada uno de ellos exactamente igual al otro; cada uno de ellos dirigiéndose a él precisamente en el mismo instante; cada uno castañeando los mismos dientes de idéntica manera, con la misma nariz torcida encima de la cara, e idéntico rostro enrojecido. Dos ancianos. Diferenciándose en nada, iguales por completo, la copia tan real como el original a su lado, el segundo tan presente como el primero.

—¿A qué hora —preguntaron ambos— llegó usted a la puerta de entrada?

—A las seis en punto.

—¡Y había seis hombres en la escalera!

El señor Goodchild se secó el sudor frío de la frente, o intentó hacerlo, mientras los dos ancianos continuaban en una sola voz y al unísono:

—Me habían anatomizado, pero aún no habían vuelto a montar mi esqueleto para colgarlo de un gancho de hierro cuando empezó a rumorearse que la habitación de la desposada estaba encantada. Estaba *encantada*, y era *yo* quien me encontraba allí.

¿O debería decir *nosotros* estábamos allí? *Ella y yo* estábamos allí. Yo, sentado en la silla próxima a la chimenea; ella, otra vez un desecho blanquecino que se arrastraba hacia mí sobre el suelo. Pero yo ya no era el que hablaba, y la única palabra que ella me repetía desde la medianoche hasta el amanecer era: «¡Vive!».

El joven también se encontraba con nosotros, apostado sobre el árbol al otro lado de la ventana. Lo veía y dejaba de verlo dependiendo de la luz que la luna arrojaba sobre las ramas, mientras el árbol se balanceaba bajo su peso. Desde entonces ha estado allí, observándome en mi tormento, revelándose a mí de manera caprichosa en la luz pálida, o entre las sombras, sus idas y venidas con la cabeza descubierta y la podadera incrustada en la coronilla.

En la habitación de la desposada, cada noche, desde la medianoche hasta el amanecer —con la excepción de un único mes al año, como voy a explicarle— el joven se esconde entre las ramas del árbol, y ella avanza hacia mí arrastrándose por el suelo; siempre acercándose un poco más, pero nunca llegando hasta mí del todo, iluminada cada noche tan solo por la pálida luna, tengamos luna o no la tengamos; siempre repitiendo la misma palabra entre la medianoche y el amanecer: «¡Vive!».

Pero cuando llega el mes en el cual me arrancaron la vida —el mes de treinta jornadas en el que nos encontramos ahora—, la habitación de la desposada permanece en calma y en silencio. No así mi antigua celda. No así las habitaciones en las cuales viví, sin descanso y aterrorizado, durante diez años enteros de mi vida. Todas ellas se encuentran a veces encantadas durante esos días. A la una de la madrugada, soy como me vieron cuando el reloj dio esa hora, un solo anciano. A las dos de la madrugada, me convierto en dos ancianos. A las tres, soy tres. Cuando llegan las doce del mediodía, soy doce ancianos, uno por cada ciento por ciento de mis viejas ganancias. Cada uno de los doce, con doce veces mi misma capacidad de sufrimiento y agonía. Desde esa hora hasta las doce de la noche, yo, doce hombres ancianos que agonizan ante premoniciones funestas, aguardan la llegada del verdugo. ¡A las doce de la noche, yo, doce hombres arrancados de un plumazo de este mundo, balanceándose invisibles en los batientes del castillo de Lancaster, con doce rostros girados hacia la muralla!

La primera vez que la habitación de mi desposada fue encantada, se me hizo saber que este castigo no terminaría hasta que me fuera posible relatarle sus causas, y toda mi historia, a dos hombres vivos al mismo tiempo. He esperado año tras año a que dos hombres vivos entraran juntos en la habitación de la desposada. Fue inculcado a mi entendimiento —soy ignorante de la forma en que esto se hizo— que si dos hombres vivos, con los ojos bien abiertos, se encontraran en la habitación de la desposada a la una de la mañana, me verían sentado en mi silla.

Por fin, el rumor de que la estancia se encontraba espiritualmente turbada atrajo a dos hombres a vivir una aventura. Acababa de aparecerme cerca de la chimenea a las doce en punto —aparezco aquí como si la luz me revelase de súbito— cuando los escuché subiendo las escaleras. Lo siguiente que vi fue a los hombres entrar en la habitación. Uno de ellos era un hombre activo, alegre y audaz, en lo mejor de su vida, de unos cuarenta y cinco años de edad; el otro tendría unos doce años menos. Traían una cesta repleta de provisiones, amén de varias botellas. Los acompañaba una mujer joven, con algo de leña y una bolsa de carbón para encender el fuego. Una vez que estuvo encendido, el más audaz, alegre y activo de los dos atravesó con ella la galería que se encuentra fuera de la habitación y la acompañó escaleras abajo hasta que se encontró a salvo, y luego regresó riéndose a la habitación.

Cerró la puerta con llave, examinó la estancia, cubrió la mesa frente a la chimenea con los contenidos de la cesta —sin darse cuenta de mi presencia, sentado en el lugar indicado cerca de la chimenea a su lado—, llenó los vasos y se dispuso a comer y a beber. Su compañero lo imitó. Sus maneras resultaban tan despreocupadas y alegres como las de él, aunque el hombre mayor parecía ser el líder del grupo. Una vez que hubieron cenado, sacaron sus pistolas y las pusieron sobre la mesa, se acercaron al fuego y encendieron sus pipas compradas en el extranjero.

Habían viajado juntos, habían pasado mucho tiempo juntos, y poseían un gran número de temas sobre los que debatir. En mitad de su charla y de sus risas, el joven hizo referencia a la buena disposición que el de mayor edad siempre demostraba para cualquier aventura, ya fuera esa o cualquier otra.

El otro contestó con las siguientes palabras:

—No lo creas, Dick; aunque no me asuste ninguna otra cosa, yo mismo me doy miedo a veces.

Su acompañante le preguntó en qué sentido se daba miedo, y cómo, aunque sus palabras denotasen que comenzaba a mostrar signos de cansancio.

—Pues te lo diré —contestó—: hay un fantasma que debe ser probado que es falso. ¡Bueno! No puedo decirte adónde se iría mi buen juicio si estuviera solo aquí, o qué jugarretas me harían mis propios sentidos si me tuvieran a su disposición. Pero en compañía de otro ser humano, y especialmente de ti, Dick, me atrevería a desmentir a todos los fantasmas que en el universo entero hayan sido.

—No tenía la más mínima idea de que mi presencia resultara de tanta relevancia hoy —dijo el otro.

—Pues así es —continuó el líder, hablando con más seriedad de lo que lo había hecho hasta entonces—. Es más, por las razones que acabo de darte, no habría de ningún modo aceptado pasar la noche aquí solo.

Quedaban pocos minutos para que diera la una de la mañana. El joven había comenzado a dar cabezadas mientras su amigo le confiaba este último comentario, y al término del mismo su cabeza se hundió incluso más en su pecho.

—¡Dick! ¡Mantente alerta! —dijo el líder, divertido—. Las horas pequeñas son las más terribles de todas.

El joven lo intentó, pero su cabeza volvió a caer.

—¡Dick! —le urgió el líder—. ¡Mantente despierto!

—No puedo —murmuró el joven—. No sé qué influencia nefasta se cierne sobre mí, pero no puedo.

Su compañero lo miró con un súbito espanto, y yo fui partícipe de aquel horror a mi manera; el reloj dio la una, y sentí que conseguía someter al segundo observador y que la maldición sobre mí me obligaba a hacer que se durmiera.

—¡Levántate y anda, Dick! —gritó el líder—. ¡Inténtalo!

En vano se acercó a la silla del durmiente y le zarandeó. Sonó la una, y el hombre de mayor edad pudo verme y se quedó petrificado ante mí.

A él solo me vi obligado a contarle mi historia, sin esperanza alguna de sacar beneficio de ello. Ante él fui solamente una aparición terrorífica, realizando una confesión inútil. Entendí que estaba condenado a repetir la misma situación de nuevo. Dos hombres vivos entrarían juntos, pero no para liberarme. En cuanto me hiciera visible, uno de los dos se dormiría y no me vería ni me oiría. Mi historia nunca sería relatada más que a un solitario testigo, y sería para siempre inútil. ¡Oh, tristeza!

Mientras los dos ancianos así hablaban, mesándose las manos, el señor Goodchild tuvo la súbita revelación de encontrarse en la situación terrible de estar solo con el espectro, y de que la inmovilidad del señor Idle respondía al hecho de que había sido hechizado al sueño justamente a la una en punto de la madrugada. A pesar del espanto indescriptible que le produjo tal revelación súbita, forcejeó con tal ansiedad por verse libre de los cuatro hilillos de fuego que finalmente logró romper la ligazón. Una vez estuvo así liberado, recogió al señor Idle del sofá, y juntos se precipitaron escaleras abajo.

Extraído de «El perezoso viaje de dos aprendices ociosos»,
publicado en *Household Words* (1857)
y escrito en colaboración con Wilkie Collins

EL LETRADO Y EL FANTASMA

Conocí a un hombre —déjenme ver, hará como cuarenta años— que alquiló un viejo, húmedo y humilde conjunto de despachos, que llevaban cerrados y vacíos muchísimos años, en uno de los edificios más antiguos de la ciudad. Corrían toda clase de historias sobre aquel lugar y, desde luego, ninguna de ellas era demasiado jovial. Sin embargo, aquel hombre era pobre y las habitaciones eran baratas, razón que a él le bastaba aunque hubiesen sido diez veces peores de lo que ya eran.

Ocurrió que este hombre se vio forzado a quedarse con algunos muebles desvencijados que habían quedado allí abandonados. Entre todos ellos, destacaba un enorme y pesado armario de vitrina como los que suelen utilizarse para archivar papeles. Tenía unas grandes puertas acristaladas, cubiertas en el interior por cortinas verdes. Ciertamente, se trataba de un cachivache bastante inútil para su nuevo dueño, puesto que este no tenía papeles que guardar; en cuanto a su ropa, no tenía más que lo puesto y tampoco tenía necesidad de procurarse un lugar donde colocarla.

Pues bien, ya había terminado de trasladar allí todos sus muebles —que no llegaron ni a ocupar un carro completo— y los había desperdigado por la habitación para hacer que aquellas cuatro sillas que tenía pareciesen una docena. Estaba aquella misma noche el hombre sentado frente al fuego pensando en los dos galones de whisky que había adquirido a crédito —y preguntándose si alguna vez llegaría a pagarlos y, en caso afirmativo, cuántos años tardaría en hacerlo— cuando su mirada fue a posarse como por casualidad en las acristaladas puertas de la vitrina.

—Ah —suspiró—, si no me hubiese visto obligado a aceptar ese adefesio al precio que fijó el viejo casero, podría haber conseguido algo mejor por ese dinero. Te diré lo que te habría pasado, viejo trasto. —No teniendo nadie con quien hacerlo, hablaba en voz alta a la vitrina—. Si no fuese por el gran esfuerzo que me costaría hacer pedazos tu vieja estructura, te utilizaría para alimentar el fuego.

Apenas había pronunciado estas palabras cuando un sonido que se asemejaba a un débil gemido pareció salir del interior del armario. Aquello le sobresaltó al principio, pero, tras reflexionar unos instantes, pensó que debía de tratarse de algún jovenzuelo que hubiera entrado en el despacho contiguo y que estuviese volviendo de cenar. Colocó los pies sobre la rejilla de la chimenea y tomó el atizador con intención de remover las brasas.

En ese momento volvió a escuchar el ruido y se asustó. Al mismo tiempo, una de las puertas de cristal del armario comenzó a abrirse lentamente, dando paso a una figura pálida y demacrada, vestida con unos manchados ropajes hechos jirones y que permanecía muy erguida dentro de la vitrina.

Se trataba de una figura delgada y alta. Su rostro expresaba preocupación y angustia, pero había una apariencia de algo inefable en su tono de piel, en su extrema delgadez y en su aspecto sobrenatural.

—¿Quién es usted? —dijo el nuevo inquilino, poniéndose muy pálido y blandiendo el atizador (por si acaso) mientras apuntaba directamente al rostro de la figura—. ¿Quién es?

—No intente arrojarme ese atizador —respondió la figura—. Aunque me lo lanzase con la mayor puntería, pasaría a través de mí, sin encontrar resistencia, e iría a clavarse en la madera que tengo detrás. Soy un espíritu.

—Dígame, ¿y qué busca aquí? —dijo entrecortadamente el inquilino.

—Sepa que en esta habitación —respondió la aparición— se gestó mi desgracia, y la ruina de mis hijos y la mía. En esta vitrina fueron acumulándose, durante años, los legajos de una demanda interminable. En esta habitación, cuando yo ya había muerto de pena y de esperanzas largamente postergadas, dos taimadas arpías se dividieron las riquezas por las que yo había estado pleiteando durante toda una vida plagada de estrecheces, y de las cuales, finalmente, ni un solo penique fue a parar a mis descendientes. Me dediqué a aterrorizarlas inmediatamente, claro está, y desde aquel día he merodeado por la noche (el único periodo durante el que puedo volver a este mundo) alrededor de los escenarios de mi prolongada miseria. Estos aposentos son míos; ¡márchese y déjeme en paz!

—Si insiste en aparecerse por aquí —dijo el inquilino, quien había conseguido reunir algo de valor y de presencia de ánimo mientras el fantasma pronunciaba su prosaico discurso—, le dejaré que lo haga con el mayor placer, pero antes me gustaría hacerle un par de preguntas, si usted me lo permite.

—Adelante —dijo la aparición severamente.

—Bueno— dijo el arrendatario—. No es que sea mi intención dirigir esta observación a usted en particular, puesto que es igualmente aplicable a la mayor parte de los fantasmas de los que he oído hablar, pero me resulta de algún modo inconsistente que, teniendo como ustedes tienen la posibilidad de visitar los mejores parajes de la tierra (ya que supongo que el espacio no significa nada para ustedes), siempre insistan en regresar a los lugares donde justamente fueron más desgraciados.

—Ehhh… eso es muy cierto; nunca había pensado en ello antes —respondió el fantasma.

—Como puede usted ver, señor —continuó el inquilino—, esta es una habitación de lo más incómoda y desangelada. Por el aspecto de esa vitrina, me atrevería a decir que no está del todo libre de insectos y demás sabandijas, y en realidad creo que, si usted se lo propusiera, podría encontrar aposentos mucho más agradables, por no hablar del clima tan desapacible que tenemos en Londres…

—Tiene usted mucha razón, señor —replicó educadamente el espectro—. No me había dado cuenta hasta ahora. Creo que cambiaré de aires. —Y, dicho esto, comenzó a desvanecerse; es más, mientras decía esto sus piernas ya habían desaparecido casi del todo.

—Y, señor —dijo el inquilino intentando llamar su atención antes de que se fuera definitivamente—, si tuviese usted la bondad de sugerirles a las otras damas y caballeros que se encuentran ahora ocupados en hechizar viejas mansiones vacías que estarían mucho más a gusto en cualquier otro lugar, le prestaría usted un gran servicio a nuestra sociedad.

—Lo haré —respondió el fantasma ya con un hilillo de voz—. Debemos de ser gente bastante aburrida, ahora que lo dice, es más, muy monótonos; no consigo imaginarme cómo podemos haber sido tan estúpidos.

Con estas palabras, el espíritu se esfumó y, cosa sorprendente, nunca más volvió a aparecerse a nadie.

FANTASMAS DE NAVIDAD

Me gusta volver a casa por Navidad. A todos nos pasa, o al menos así *debería* ser. Todos regresamos a casa, o deberíamos hacerlo, para disfrutar de unas breves vacaciones —aunque cuanto más largas sean, mejor— desde el enorme internado en el que nos pasamos el día trabajando en nuestras tablas de aritmética. A todos nos conviene tomarnos un respiro, esa es la verdad. En cuanto a ir de visita, ¿a qué otro sitio podríamos ir si no? ¡Pues junto al árbol de Navidad, para proclamar nuestros buenos deseos al mundo!

Y así partimos lejos, hacia el invierno, a colocar nuestros anhelos junto al árbol. Nos ponemos en camino y atravesamos llanuras bajas, parajes brumosos, páramos sumergidos en la niebla; subimos largas colinas enroscadas como cavernas oscuras entre las tupidas plantaciones que casi ocultan las estrellas centelleantes, y así continuamos por amplias mesetas hasta detenernos, con un silencio repentino, frente a una avenida. La campana junto a la verja resuena profunda y casi espantosa en el aire helado; los batientes de la verja se abren sobre sus goznes y, a medida que nos dirigimos hacia la gran casa, las luces resplandecientes se agrandan en las ventanas y las hileras de árboles que hay delante parecen retroceder solemnemente hacia ambos lados para permitirnos el paso. Por un momento, aniquila el silencio la rauda carrera de una liebre que a lo largo de todo el día, por intervalos, se ha dedicado a atravesar el blanco tapete nevado, o el estrépito lejano de una manada de ciervos pisoteando la escarcha endurecida. Si pudiésemos, tal vez veríamos sus ojos vigilando entre los helechos, rutilantes como gotas heladas del rocío sobre las hojas, pero están quietos y todo permanece en calma. De este modo, con las luces que se agrandan y los árboles que se retiran ante nosotros y se reúnen de nuevo tras nuestro paso, llegamos a la casa.

Probablemente flota en todo momento un aroma a castañas asadas y a otras cosas buenas, puesto que estamos narrando historias invernales (o, para nuestra vergüenza, historias *fantasmales*) alrededor de un fuego navideño, y solo nos levantaremos para acercarnos más a él y calentarnos. Sin embargo, todo esto carece de importancia.

Llegamos a la casa, una vieja mansión coronada por grandes chimeneas en donde arde la leña ante perros viejos que se arriman al hogar y retratos macabros (algunos de ellos con leyendas igualmente macabras) que miran hoscos y desconfiados desde el entablado de roble de las paredes. Somos gentilhombres de mediana edad y compartimos una generosa cena con nuestros anfitriones y sus invitados. Es Navidad y la casa está repleta de gente. Decidimos retirarnos pronto. La nuestra es una habitación muy antigua, cubierta por tapices. Nos desagrada el retrato de un caballero trajeado de verde que cuelga sobre la chimenea. Grandes vigas negras recorren la techumbre, y se ha dispuesto para alojarnos un gran dosel negro que a los pies se ve sustentado por dos grandes figuras negras que parecen sacadas de sendas tumbas de la vieja iglesia del barón, ubicada en los jardines. A pesar de ello, no somos caballeros supersticiosos y nos da lo mismo. ¡Bien! Despachamos a nuestro sirviente, cerramos la puerta con llave y nos sentamos frente al fuego, enfundados en nuestra bata, a meditar sobre multitud de asuntos. Finalmente nos acostamos. ¡Bueno! No podemos dormir. Nos revolvemos una y otra vez sin poder conciliar el sueño. Los rescoldos del fuego arden relampagueantes y hacen parecer la habitación más fantasmagórica si cabe. No podemos evitar escudriñar, por encima de la colcha, las dos figuras negras que sostienen la cama y, sobre todo, ese caballero de verde, dotado de un aspecto tan perverso. Parecen avanzar y retirarse en medio de la luz temblorosa, lo cual, a pesar de que no somos en absoluto hombres supersticiosos, no nos resulta nada agradable. ¡Bueno! Nos vamos poniendo más y más nerviosos. Decimos: «Esto es absurdo, pero lo cierto es que no podemos soportarlo; fingiremos estar enfermos y haremos que acuda alguien en nuestra ayuda». ¡Bueno! Precisamente, estábamos a punto de hacerlo cuando de repente la puerta se abre y entra una joven de una palidez mortecina y largos cabellos rubios que se desliza junto al fuego y toma asiento en la silla que antes habíamos ocupado, frotándose las manos. En ese momento advertimos que sus ropas están mojadas. Tenemos la lengua adherida al paladar y no somos capaces de articular palabra, pero la observamos con detalle. Su ropa está húmeda, su largo cabello está salpicado de barro, va vestida según la moda de hace doscientos años y lleva en el cinto un manojo de llaves herrumbrosas. ¡Bueno! Ella sigue sentada, sin moverse, y es tal el estado en que nos hallamos que ni siquiera somos capaces de desmayarnos. En ese momento, ella se levanta y empieza a probar sus oxidadas llaves en todas y cada una de las cerraduras del dormitorio sin que ninguna sirva. Entonces fija su mirada en el retrato del caballero de verde y exclama, con una voz grave y terrible: «¡Los ciervos lo saben!». A continuación, vuelve a frotarse las manos, pasa junto a la cama y sale por la puerta. Nos ponemos la bata apresuradamente, echamos mano de las pistolas —sin las que nunca salimos de casa— y nos disponemos a seguir a la muchacha, cuando hallamos la puerta cerrada. Giramos la llave y, al asomarnos al oscuro pasillo, no divisamos a nadie. Deambulamos inútilmente en busca de nuestro sirviente. Recorremos la galería hasta que rompe el día, para luego volver a nuestra desolada habitación, caer dormidos y ser despertados por nuestro criado (a él nada le aterroriza), que cuando abre la ventana nos revela un sol resplandeciente. ¡Bien! Tomamos un triste desayuno y todo el mundo nos comenta que parecemos indispuestos. Concluido el desayuno, recorremos la casa con nuestro anfitrión y le conducimos hasta el retrato del caballero de verde, y en ese momento todo se aclara. Engañó a una joven ama de llaves, conocida por su extraordinaria belleza, quien se ahogó intencionadamente en un estanque y cuyo cuerpo fue descubierto, pasado ya mucho tiempo, porque los ciervos se negaban a beber de sus aguas. Desde entonces, se rumorea que ella se dedica a deambular por la mansión a medianoche (aunque sobre todo aparece en la habitación del caballero de verde, a fin de no dejar dormir a su inquilino) probando todas las cerraduras con sus llaves oxidadas. ¡Bien! Contamos a nuestro anfitrión cuanto hemos visto y una sombra se cierne sobre su semblante. Nos suplica que guardemos silencio y nosotros obedecemos. Sin embargo, todo lo que hemos contado es cierto y así lo relatamos antes de fallecer (ahora estamos muertos) a muchas personas serias que nos quieren escuchar.

Son innumerables las viejas casas solariegas, con sus pasillos retumbantes, sus sombríos aposentos y sus alas hechizadas que llevan años clausuradas, a través de las cuales podemos divagar, mientras un agradable escalofrío nos recorre la espalda, y toparnos con todo tipo de fantasmas. Aunque —tal vez sea importante recalcarlo— en general estos se reducen a unos pocos tipos o clases, ya que, debido a la escasa originalidad de los espectros, en su mayoría suelen deambular haciendo rondas previamente fijadas. Resulta habitual también que haya ciertas baldosas de las que sea *imposible* borrar las manchas de sangre que quedaron en tal o cual habitación o descansillo y que datan de cuando cierto amo malvado, barón, caballero o gentilhombre se suicidó en aquel mismo lugar. Uno puede raspar y raspar, como hace el dueño actual, o pulir y pulir, tal y como lo hiciera su padre, o frotar y frotar, al igual que hizo su abuelo, o intentar hacerlas desaparecer mediante la acción de diversos ácidos, como hizo el bisabuelo, pero la sangre siempre permanecerá ahí —ni más ni menos pálida—, siempre igual. También ocurre que en otras casas encontramos puertas encantadas que jamás lograremos mantener abiertas mucho tiempo, o bien una puerta que no hay manera de cerrar, o bien casas donde suena a deshoras el crujido hechizado de una rueca, o golpes de martillo, o pisadas, o un llanto, o un lamento, o un ruido de cascos de caballo, o el arrastrar de cadenas. Tal vez haya un reloj en su torre que al llegar la medianoche dé trece campanadas coincidiendo con la muerte del cabeza de familia. Llegó a suceder que una tal Lady Mary fue de visita a una casa de campo en las tierras altas escocesas y, sintiéndose fatigada por el largo viaje, se retiró pronto a dormir. Al día siguiente, durante el desayuno, comentó inocentemente:

—¡Me resultó extrañísimo que anoche celebraran una fiesta a una hora tan tardía en un lugar tan remoto como este y que no me hablaran de ella!

Cuando todos le preguntaron qué quería decir, Lady Mary respondió:

—¡Pues que ha habido alguien que se ha pasado toda la noche dando vueltas y más vueltas con su carruaje bajo mi ventana!

Entonces, el propietario de la casa se puso lívido, al igual que su señora. Por su parte, Charles Macdoodle —de los Macdoodle de toda la vida— conminó a Lady Mary a no decir ni una palabra más sobre el asunto, y todo el mundo guardó silencio. Después del desayuno, Charles Macdoodle contó a Lady Mary que era tradición en aquella familia que aquel ajetreo de carruajes en el patio presagiase alguna muerte. Así quedó probado cuando, dos meses más tarde, falleció la dueña de la mansión. Lady Mary, quien a la sazón formaba parte de las Damas de Honor de la Corte, contaba a menudo esta historia a la vieja reina Charlotte, y es por esto por lo que el viejo rey se pasaba el día diciendo:

—¿Eh? ¿Cómo? ¿Fantasmas? ¡Ni mentarlos, ni mentarlos!

Y no dejaba de repetirlo una y otra vez hasta que se retiraba a dormir.

El amigo de una persona a quien la mayoría de nosotros conocemos, cuando era todavía un joven estudiante, tuvo un amigo bastante peculiar con el que había llegado a un pacto de lo más macabro: acordaron que si era cierto que el espíritu de una persona es capaz de volver a este mundo tras haberse separado del cuerpo, aquel de los dos que primero muriese habría de aparecerse al otro.

Transcurrido un tiempo, a nuestro amigo se le había olvidado ya aquel trato; ambos jóvenes habían progresado en la vida y habían tomado caminos divergentes, muy alejados entre sí. Sin embargo, una noche, transcurridos muchos años, encontrándose nuestro amigo en el norte de Inglaterra y alojándose por la noche en una posada junto a los páramos de Yorkshire, sucedió que miró fuera de su cama y allí, a la luz de la luna, apoyado junto a un buró próximo a la ventana, vio a su viejo colega de estudios observándole fijamente. Se dirigió solemnemente a la aparición, y esta le respondió en una especie de susurro, aunque bastante audible:

—No te acerques a mí. Estoy muerto. Heme aquí para cumplir mi promesa. Vengo de otro mundo, pero no puedo revelar sus secretos.

En ese momento, la aparición palideció, pareció fundirse con la luz de la luna y se desvaneció.

Cuentan también el caso de la hija del primer ocupante de una casa isabelina, bastante pintoresca, que se hizo relativamente famosa en nuestro barrio. ¿Han oído quizás hablar de ella? ¿No? Pues bien, siendo una bella muchacha de diecisiete años, dio en salir una tarde de verano durante el crepúsculo a recoger flores en el jardín. Pero, de pronto, su padre la vio llegar corriendo a la puerta de la casa. Estaba aterrada y gritaba con desesperación:

—¡Ay, Dios mío, querido padre, me he encontrado conmigo misma!

Él la abrazó, la consoló y le dijo que no se preocupase; probablemente habría sido víctima de algún capricho de su imaginación. Ella entonces le dijo:

—¡Oh, no! Te juro que me encontré conmigo misma cuando caminaba por el paseo. Estaba muy pálida recogiendo flores marchitas, y giraba la cabeza sosteniéndolas en alto.

Aquella misma noche, la muchacha murió. Se comenzó a pintar un cuadro con su historia, si bien nunca fue terminado, y dicen que, aún hoy, el cuadro permanece en algún lugar de la casa, vuelto de cara a la pared.

El tío de mi cuñado volvía a casa a caballo. Era una tarde apacible y ya estaba anocheciendo. De repente, en una vereda cercana a su propia casa vio a un hombre de pie frente a él, ocupando el centro mismo de un estrecho paso.

—¿Por qué estará ese hombre de la capa ahí en medio? —pensó—. ¿Acaso pretende que le pase por encima?

Pero la figura no se apartaba. El tío de mi cuñado tuvo una extraña sensación al verle allí en el sendero tan inmóvil. Sin embargo, aflojó el trote y siguió cabalgando en dirección a él. Cuando se halló tan cerca del caminante que casi podía tocarlo con su estribo, el caballo se asustó y entonces la figura se deslizó a lo alto de un terraplén de una forma rara, poco natural (de hecho se escurrió hacia atrás sin aparentemente usar los pies), y desapareció. El tío de mi cuñado dio un respingo.

—¡Santo Dios! ¡Pero si es mi primo Harry, el de Bombay!

Espoleó al caballo, que de pronto sudaba una barbaridad, y, preguntándose por tan extraño comportamiento, salió disparado hacia la entrada de su casa. Cuando llegó allí vio a la misma figura pasando junto al alargado mirador que hay frente a la sala de estar de la planta baja. Arrojó las bridas a su criado y se precipitó detrás de la figura. Su hermana estaba allí sentada, sola.

—Alice, ¿dónde está mi primo Harry?

—¿Tu primo Harry, John?

—Sí. El de Bombay. Me lo acabo de encontrar en el camino y lo he visto entrar aquí ahora mismo.

Nadie había visto nada. Pero fue en aquella hora exacta, como más tarde se supo, cuando su primo fallecía en la India.

Hubo cierta vieja dama muy sensata que falleció a los noventa y nueve años y mantuvo sus facultades hasta el final. Pues bien, esta buena mujer vio con sus propios ojos al famoso Niño Huérfano. Esta es una historia que con cierta frecuencia se ha venido contando de manera incorrecta. He aquí lo que ocurrió en realidad (pues, de hecho, se trata de una historia que ocurrió en nuestra propia familia: la vieja dama era una pariente lejana). Cuando tenía alrededor de cuarenta años, época en la que aún era conocida por su belleza poco común (hay que decir que su amado murió muy joven, razón por la cual ella nunca se casó, aunque recibió numerosas proposiciones al respecto), se trasladó con su hermano, que era comerciante de artículos indios, a una casa que este había comprado no hacía mucho en Kent. Corría la leyenda de que aquel lugar había sido una vez administrado por el tutor de un niño. Aquel tutor era el segundo heredero de la propiedad y mató al niño tratándole de manera severa y cruel. La dama no sabía nada de esto. Se dijo que en la habitación de ella había una jaula en la que el tutor solía encerrar al niño. Nunca hubo tal cosa, de hecho. Allí tan solo había un ropero. Una noche se fue a dormir. A la mañana siguiente, cuando entró la doncella, ella le preguntó con toda tranquilidad:

—¿Quién era ese niño tan guapo y de aspecto tan melancólico que ha estado asomándose por el ropero toda la noche?

La muchacha emitió un fuerte chillido y se esfumó al momento. La dama quedó sorprendida. Sin embargo, como era una mujer con una notable fortaleza mental, se vistió ella misma, bajó al piso inferior y se reunió con su hermano.

—Bien, Walter —dijo—, he de confesarte que no he podido pegar ojo. Una especie de niño de aspecto melancólico, bastante guapo, ha estado importunándome toda la noche y saliendo por el vestidor de mi cuarto, cuya puerta, eso te lo puedo asegurar, no hay alma humana que pueda abrir. ¿Qué clase de truco es este?

—Me temo que no es ningún truco, Charlotte —respondió él—. Ese niño forma parte de la leyenda de esta casa. Es el Niño Huérfano. ¿Qué es lo que dices que hizo anoche?

—Abría la puerta sigilosamente —dijo ella— y se asomaba. A veces avanzaba un paso o dos dentro del dormitorio. Entonces yo le llamaba animándole a pasar, y él se encogía con un estremecimiento y se deslizaba dentro del vestidor de nuevo, tras lo cual cerraba la puerta.

—Ese gabinete no comunica con ningún otro lugar de la casa, Charlotte. Está clausurado —dijo su hermano.

Esto era verdad. Hicieron falta dos carpinteros trabajando toda una mañana para conseguir abrir el vestidor y poder así examinarlo. En aquel momento, mi pariente estaba bastante contenta de haber trabado relación con el célebre Niño Huérfano. A pesar de ello, la parte más terrible de la historia es que, posteriormente, también sería avistado sucesivamente por tres de los hijos de su hermano, que acabaron muriendo jóvenes. De vez en cuando, alguno de los niños caía enfermo. Y, curiosamente, siempre era doce horas después de volver a casa acalorado diciendo, vaya por Dios, que había estado jugando bajo cierto roble en cierta pradera con un extraño niño… Un niño guapo y de aspecto melancólico que era muy callado y le hacía señas para que le siguiera. De la fatal experiencia, los padres dedujeron que se trataba del Niño Huérfano y que el destino de los niños quedaba inexorablemente marcado por ese encuentro.

CUATRO HISTORIAS DE FANTASMAS

La primera historia

Hace unos pocos años, un reconocido artista inglés recibió el encargo por parte de una tal Lady F** de pintar un retrato de su marido. Se acordó que el encargo se realizaría en la mansión de F** Hall, en el campo, pues los compromisos del pintor eran demasiados como para permitirle dar comienzo a un nuevo trabajo hasta que hubiese terminado la temporada en Londres.

Comoquiera que él se hallase en términos de estrecha amistad con sus patrocinadores, el arreglo fue satisfactorio para todas las partes, y el 13 de septiembre el artista partió con buen ánimo para realizar su encargo.

Tomó, pues, el tren con destino a la estación más próxima a F** Hall, y cuando entró en su vagón se dio cuenta de que viajaría solo. En cualquier caso, su soledad no se vio prolongada mucho tiempo. En la primera parada después de Londres, subió al vagón una joven dama que se sentó en la esquina opuesta a él. Tenía un aspecto delicado, con una sorprendente mezcla de dulzura y de tristeza en su semblante, algo que un hombre observador y sensible como él no podía pasar por alto. Durante un rato ninguno de los dos abrió la boca. Sin embargo, una vez fue avanzando el recorrido, el caballero se decidió a deslizar los habituales comentarios que se suelen hacer en tales circunstancias acerca del tiempo o del paisaje; así, una vez roto el hielo, finalmente entraron en conversación. Hablaron de pintura, cómo no. El artista se hallaba bastante sorprendido por los conocimientos que ella parecía tener sobre su obra y sobre él mismo. Estaba bastante seguro, sin embargo, de no haber visto nunca antes a aquella mujer. Su sorpresa no disminuyó en absoluto cuando, de pronto, ella le preguntó si sería capaz de pintar, de memoria, el retrato de una persona a la que solo hubiese visto una vez o, a lo sumo, dos. Él dudaba qué responder cuando ella añadió:

—¿Cree usted, por ejemplo, que podría pintarme de memoria?

Él replicó que no estaba seguro del todo, aunque quizás podría hacerlo si se lo proponía.

—Bien —dijo ella—, pues fíjese en mí. Tal vez así se haga una idea de mi aspecto.

Él atendió aquella extraña petición y ella entonces preguntó con impaciencia:

—Y bien, ¿cree que sería capaz de hacerlo?

—Creo que sí —respondió él—, aunque no podría asegurarlo.

En ese momento el tren se detuvo. La joven se levantó de su asiento, sonrió de forma enigmática al pintor y se despidió de él, añadiendo mientras salía del vagón:

—Espero que volvamos a encontrarnos pronto.

El tren partió traqueteando, y Mr H** —el artista— quedó sumido en sus reflexiones.

Llegó a su destino a la hora prevista y comprobó que el carruaje de Lady F** ya estaba allí para recogerle. Tras un agradable recorrido, llegó a su lugar de destino, sito en uno de los condados aledaños a Londres, y fue depositado frente a la puerta principal de la casa, en donde sus anfitriones le aguardaban para recibirle. Una vez intercambiados los amables saludos de rigor, el pintor fue conducido a su habitación, pues estaba ya próxima la hora de la cena.

Tras completar su aseo, bajó a la sala de estar. Mr H** quedó gratamente sorprendido al ver, sentada en una butaca otomana, a su joven compañera de trayecto en el vagón del tren. Ella le saludó con una sonrisa y él la correspondió con una inclinación de reconocimiento. Se sentaron juntos durante la cena, y ella se dirigió a él en dos o tres ocasiones, interviniendo en la conversación general, sintiéndose a sus anchas. Mr H** no tuvo duda alguna de que se trataba de una amiga íntima de su anfitriona. La velada transcurrió de la forma más agradable. La conversación giró en torno a las bellas artes en general y, durante un rato, sobre la pintura en particular. Sus anfitriones suplicaron a Mr H** que les mostrase alguno de los bocetos que había traído consigo desde Londres. El artista los sacó al momento, y la joven mostró un despierto interés por ellos.

Ya era tarde cuando la reunión se disolvió y sus miembros se retiraron a sus respectivos aposentos.

Al día siguiente, temprano, Mr H** se vio tentado por la soleada mañana a abandonar su dormitorio y dar un paseo por los jardines. La sala de estar daba hacia el jardín; preguntó a un criado que se hallaba ocupado organizando el mobiliario si la joven dama ya había bajado.

—¿Qué dama, señor? —preguntó sorprendido el hombre.

—La joven que cenó aquí anoche.

—Ninguna joven cenó aquí anoche, señor —respondió el hombre mirándole fijamente.

El pintor no añadió nada más, pensando para sí que el criado debía de ser bastante estúpido, o bien tener muy mala memoria. Por tanto, tras abandonar el lugar, se adentró paseando en el jardín.

De regreso a la casa se topó con su anfitrión, con el que intercambió las acostumbradas salutaciones matutinas.

—¿Se ha marchado su rubia y joven amiga? —apuntó el artista.

—¿Qué joven amiga? —inquirió el dueño del caserón.

—Esa joven que cenó aquí anoche con nosotros —respondió Mr H**.

—No logro adivinar a quién se refiere —replicó el caballero, bastante sorprendido.

—¿No hubo una joven dama que cenó y pasó la velada aquí ayer con nosotros? —insistió Mr H**, desconcertado.

—Pues no —respondió su anfitrión—. Desde luego que no. A la mesa no había nadie más que usted, mi esposa y yo mismo.

Después de aquello, no volvió a tratarse el asunto, si bien nuestro artista se resistía a creer que se trataba de alguna ilusión. Si todo aquello había sido un sueño, ciertamente constaba de dos partes. Estaba tan seguro de que aquella dama había sido su acompañante en el vagón como de que había estado sentada junto a él durante toda la cena. En cualquier caso, todos en la mansión, salvo él, parecían desconocer su existencia.

Finalizó el retrato que le había sido encargado y volvió de nuevo a Londres.

Durante dos años continuó con su trabajo, esforzándose y acrecentando con ello su reputación. No obstante, durante todo aquel tiempo no olvidó ni una sola de las facciones de su pálida compañera de viaje. No contaba con pista alguna que le ayudase a desvelar su origen o siquiera su identidad. Pensaba a menudo en ella, pero no le habló a nadie del asunto. Había algún misterio en aquello que le imponía guardar silencio. Se trataba de algo extraño, disparatado, totalmente inenarrable.

Y ocurrió que Mr H** acudió a Canterbury por negocios. Un viejo amigo suyo —a quien llamaremos Mr Wylde— residía en aquella ciudad. Estando Mr H** deseoso de verle, y puesto que contaba con escasas horas para su visita, le escribió una nota tan pronto como llegó al hotel, rogando a Mr Wylde que se reuniese allí con él. A la hora fijada, se abrió la puerta de su habitación y le fue anunciada la visita de Mr Wylde. Cuando lo vio, al artista le resultó un completo desconocido, y el encuentro entre ambos fue un tanto embarazoso. Daba la impresión, según lo expuesto, de que su amigo había dejado Canterbury hacía algún tiempo y de que el caballero que ahora se encontraba cara a cara frente a él era otro Mr Wylde, a quien habían entregado la nota destinada para el ausente, y que había acudido a la cita pensando que se trataba de algún asunto de negocios.

La frialdad de la sorpresa inicial se disipó y los dos caballeros entablaron una conversación algo más cordial, puesto que Mr H** mencionó su nombre y este no era del todo desconocido para su visitante. Tras haber conversado durante un breve lapso, Mr Wylde preguntó al artista si alguna vez había pintado, o si sería capaz de hacerlo, un retrato basado en una mera descripción. Mr H** respondió que nunca había hecho tal cosa.

—Le hago esta extraña pregunta —dijo Mr Wylde— porque, hará unos dos años, perdí a mi querida hija. Era hija única y yo la quería de todo corazón. Su pérdida supuso un gran sufrimiento para mí, y lamento profundamente no tener ningún recuerdo suyo. Usted es un hombre de probado genio. Si pudiese pintarme un retrato de mi niñita, le estaría de lo más agradecido.

Entonces, Mr Wylde describió los rasgos y el aspecto de su hija, y el color de sus ojos y de su cabello, e intentó darle una idea de la expresión de su rostro. Mr H**, escuchando atentamente y compadeciéndose de su dolor, realizó un apunte. No tenía ni idea de su apariencia, aunque tenía la esperanza de que el afligido padre lo tuviese en cuenta, pero este sacudió la cabeza al ver el boceto y dijo:

—No, no se le parece nada.

El artista volvió a intentarlo y de nuevo fracasó. Los rasgos estaban bien, pero la expresión no era la suya, y el padre desistió, agradeciendo a Mr H** sus esfuerzos, aunque desesperando de cualquier resultado positivo. Súbitamente, un pensamiento sacudió al pintor; tomó otra hoja de papel, hizo un rápido y vigoroso bosquejo y se lo alargó a su acompañante. Al momento, la cara del padre se iluminó con una brillante mirada de reconocimiento, al tiempo que exclamaba:

—¡Es ella! ¡Es seguro que debe de haber visto usted a mi hija, o jamás habría podido alcanzar un parecido tan asombroso!

—¿Cuándo falleció su hija? —preguntó el pintor, presa de la agitación.

—Hará dos años, el 13 de septiembre. Murió al atardecer, tras una breve enfermedad.

Mr H** consideró el asunto, pero no hizo mención alguna de sus cavilaciones. La imagen de aquel pálido rostro se había grabado profundamente en su memoria; ahora se cumplían las extrañas y proféticas palabras que ella había pronunciado tanto tiempo antes.

Unas pocas semanas después, habiendo terminado un bello retrato de cuerpo entero de la dama, se lo envió a su padre, y todos cuantos lo vieron declararon que el parecido era exacto.

La segunda historia

Entre las amistades de mi familia se contaba una joven dama suiza quien, con tan solo un hermano, se quedó huérfana durante su infancia. Ella y su hermano fueron criados por una tía, y los niños, que tuvieron que apoyarse mutuamente, crecieron muy unidos entre sí. A la edad de veintidós años, el hermano se vio obligado a partir hacia la India y vio que se acercaba el terrible día en que habría de separarse de la joven. No es necesario describir aquí la agonía por la que pasan las personas bajo tales circunstancias, pero la forma que buscaron estos dos hermanos para mitigar la angustia de su separación fue del todo singular. Acordaron que si cualquiera de ellos fallecía antes del regreso del joven, el que hubiera muerto habría de aparecérsele al otro.

El joven partió y, entretanto, su hermana se casó con un caballero escocés y abandonó su casa, pasando a ser la alegría y la inspiración del hogar de su marido. Resultó ser una esposa devota que nunca olvidó a su hermano. Solían intercambiar correspondencia con cierta regularidad, y los días en que ella recibía cartas desde la India eran los más felices del año.

Un frío día de invierno, transcurridos dos o tres años desde su matrimonio, estaba ella sentada haciendo sus labores junto a un animado fuego en su propio dormitorio, situado en la planta superior de la casa. Se hallaba muy atareada cuando un extraño impulso la hizo levantar la cabeza y mirar a su alrededor. La puerta se encontraba ligeramente abierta y, junto a la gran cama antigua, había una figura que, en un rápido vistazo, ella reconoció como la de su hermano. Con un grito de emoción se puso en pie y corrió hacia él exclamando:

—¡Oh, Henry! ¿Cómo has podido darme esta sorpresa? ¡No me dijiste que ibas a venir!

Pero él hizo un gesto con la mano tristemente, como prohibiéndole acercarse, y ella se paró en seco. Él se le acercó unos pasos y dijo con una voz suave y profunda:

—¿Recuerdas nuestro pacto? He venido para cumplirlo.

Y acercándose más a ella la tomó por la muñeca. Su mano estaba fría como el hielo, y su tacto provocó en ella un escalofrío. Su hermano sonrió con una sonrisa apagada y triste, hizo un gesto de despedida con la mano, dio media vuelta y abandonó la habitación.

Cuando ella se hubo recuperado de un largo desvanecimiento, se dio cuenta de que en su muñeca había una marca; ya no desaparecería nunca. El siguiente correo que llegó de la India traía un despacho en el que se le informaba del fallecimiento de su hermano; había sido aquel mismo día y a la misma hora en que él se le había aparecido en el dormitorio.

La tercera historia

A orillas de las aguas del estuario del Forth vivía, hace ya muchos años, una familia de antigua raigambre en el reino de Fife. Se trataba de unos jacobitas francos y hospitalarios. La familia estaba formada por el hacendado o terrateniente —un hombre de edad avanzada—, su esposa, tres hijos varones y cuatro hijas. Los hijos fueron enviados a ver mundo, aunque no a prestar servicios a la familia reinante. Las hijas eran todas jóvenes y estaban solteras. La mayor de ellas y la más joven se hallaban estrechamente unidas entre sí. Compartían el dormitorio y el lecho, y no había secretos entre ambas. Sucedió que entre aquellos que visitaban la vieja mansión llegó un joven oficial de la Marina, cuyo bergantín de guerra recalaba a menudo en las bahías cercanas. Fue bien acogido, y floreció entre él y la mayor de las hermanas un tierno idilio.

Las perspectivas de aquel enlace no complacían a la madre en absoluto y, sin siquiera explicarles los motivos, los amantes fueron conminados a separarse. El argumento esgrimido fue que en aquel momento no podían permitirse económicamente contraer matrimonio y que debían esperar a que llegasen mejores tiempos. Aquella era la época en que la autoridad de los padres —sobre todo en Escocia— equivalía poco menos que a un decreto del destino, y la joven sintió que no le quedaba nada por hacer salvo despedirse de su amado. Él, sin embargo, no se resignó. Era un hombre gallardo y bienintencionado, así que, acogiéndose a la palabra de la madre, tomó la determinación de hacer lo imposible para aumentar su fortuna.

En aquel tiempo tenía lugar una guerra contra alguna potencia del norte —creo que era Prusia—, y el amante, que contaba con las simpatías del almirantazgo, solicitó ser enviado al Báltico. Su deseo se vio cumplido. Nadie se opuso a que los jóvenes pudieran despedirse; así, lleno él de esperanzas y desalentada ella, se separaron. Convinieron escribirse tan pronto como les fuera posible. Dos veces por semana —los días en que llegaba el correo al pueblo vecino— la hermana más joven montaba en su pony e iba al pueblo en busca de las cartas. Cada carta que llegaba provocaba en ella una sensación de gozo contenido. Muy a menudo, las hermanas se sentaban junto a la ventana para escuchar el rugido del mar entre las rocas durante una velada entera del crudo invierno, esperanzadas y rezando por que cada luz que brillaba en lontananza fuese la señal luminosa colgada del mástil del bergantín del amado acercándose. Pasaron muchas semanas en las que sus esperanzas se vieron postergadas y, de pronto, se produjo una tregua en la correspondencia. Con el paso de los días, el correo dejó de traer cartas desde el Báltico, y la agonía de las hermanas, sobre todo de la que se había prometido, se tornó casi insoportable.

Como ya he mencionado, ambas dormían en la misma habitación y su ventana estaba orientada a las aguas del estuario. Una noche, la hermana menor se despertó debido a los fuertes lamentos de la hermana mayor. Habían llevado una vela a su habitación para así poder ver, y la habían colocado en el alféizar de la ventana, pensando (pobrecillas) que serviría como faro al bergantín. En el candor de la vela, la pequeña vio cómo su hermana se revolvía en un molesto sueño. Tras haber dudado unos instantes, tomó la decisión de despertar a la durmiente, que, dejando escapar un chillido y sujetándose el pelo hacia atrás con las manos, exclamaba:

—¿Qué has hecho? ¿Qué es lo que has hecho?

Su hermana trató de serenarla y le preguntó con suavidad si algo le asustaba.

—¿Asustada? —respondió, aún muy excitada—. ¡No! ¡Pero le he visto! Entró por esa puerta y se acercó hasta los pies de la cama. Parecía muy pálido y su pelo estaba mojado. Estaba a punto de hablarme cuando tú le ahuyentaste. ¡Oh! ¿Qué has hecho? ¿Qué has hecho?

No es que yo crea que el fantasma de su amado se le apareció realmente, pero el hecho es que el siguiente correo que llegó desde el Báltico informaba de que el bergantín, con todos sus tripulantes a bordo, se había ido a pique durante una galerna.

La cuarta historia

Cuando mi madre era una niñita de ocho o nueve años y vivía en Suiza, el conde R** de Holstein se trasladó, por causa de su salud, a la ciudad de Vevey, en donde tomó una casa con la intención de permanecer allí durante dos o tres años. En seguida trabó conocimiento con mis abuelos maternos, y dicha relación desembocó en una amistad. Se reunían constantemente y cada vez tenían mayor afinidad entre sí. Conociendo las intenciones del conde, en lo que a su estancia en Suiza se refería, mi abuela se sorprendió mucho cuando una mañana recibió de él una breve nota en la que le informaba de que, de modo urgente, se veía obligado a regresar a Alemania aquel mismo día por unos inesperados asuntos. En la misiva añadía que sentía mucho tener que partir, aunque debía hacerlo, y terminaba deseándole toda clase de parabienes y esperando que tuviesen ocasión de reencontrarse algún día. Marchó de Vevey aquella tarde y nada más se supo de él ni de sus misteriosos asuntos.

Transcurridos unos pocos años desde su partida, mi abuela y uno de sus hijos fueron a Hamburgo a pasar una temporada. Llegó a oídos del conde R** la noticia y, teniendo deseos de verles, les invitó a su castillo de Breitenburg, donde se quedaron durante unos días. Se trataba de un paraje bello y agreste, y el castillo, una enorme mole, era una reliquia de los tiempos feudales. Como ocurre con la mayoría de los vetustos lugares de esa clase, se decía que estaba hechizado. Desconociendo la historia en la que se basaban tales habladurías, mi abuela incitó al conde a que se la relatase. Tras algunas dudas y reparos, el anciano consintió en ello.

—Existe una habitación en esta casa —comenzó— en la que nunca nadie ha podido dormir. Se escuchan constantemente ruidos cuya procedencia es desconocida y que suenan como un incesante movimiento y chirrido de muebles. Hice vaciar la habitación, hice retirar el antiguo suelo y mandé colocar uno nuevo, pero los ruidos no desaparecieron. Al final, desesperado, la hice tapiar. Esta es la historia de ese cuarto.

Hacía unos siglos había morado en aquel castillo una condesa cuya caridad hacia los pobres y cuya gentileza hacia todo el mundo no tenían parangón. Por todas partes se la conocía como «la buena condesa R**» y todos la apreciaban. La habitación en cuestión era su alcoba. Una noche la despertó una voz que oyó junto a ella y, cuando miró fuera de la cama, vio, a la débil luz de su lámpara, a un hombrecillo diminuto, como de un pie de altura, junto a su lecho. Ella estaba del todo sorprendida, y él le habló diciendo:

—Buena condesa de R**, vengo a pedirle que sea la madrina de mi hijo. ¿Acepta usted?

Ella asintió, y él le dijo que volvería a buscarla al cabo de unos pocos días para asistir al bautizo; con esas palabras, el hombrecillo se evaporó de la habitación.

A la mañana siguiente, reflexionando sobre los incidentes de aquella noche, la condesa llegó a la conclusión de que todo era producto de un extraño sueño y no le dio más vueltas. Sin embargo, pasados quince días, cuando ya había olvidado por completo el sueño, fue de nuevo despertada a la misma hora y por el mismo pequeño individuo, quien dijo que venía a reclamar el cumplimiento de su promesa. Ella se levantó, se vistió y siguió a su diminuto guía escaleras abajo por el castillo. En el centro del patio de armas había —y aún sigue habiendo— un pozo de brocal cuadrado, muy profundo y que se extendía lejos, por debajo del edificio, hasta quién sabe dónde. Habiendo llegado junto al pozo, el hombrecillo vendó los ojos a la condesa y, ordenándole que no tuviese temor y que le siguiese, descendieron por unos peldaños desconocidos. Esta situación era nueva y extraña para la condesa, y se sintió incómoda, pero decidió que, a pesar de cualquier riesgo que pudiera correr, una promesa era una promesa, y llevaría aquella aventura hasta el final.

Llegaron así hasta el fondo del pozo y, cuando su guía le retiró la venda de los ojos, la condesa se encontró en una habitación llena de personas tan pequeñas como el hombrecillo. El bautizo tuvo lugar, y la condesa ejerció de madrina. Al concluir la ceremonia, cuando la dama estaba a punto de despedirse, la madre del bebé cogió un puñado de astillas de un rincón y las metió en el mandil de su visitante.

—Ha sido usted muy amable amadrinando a mi hijo, buena condesa de R** —le dijo—, y su generosidad no quedará sin recompensa. Cuando se levante usted mañana, estas astillas que le he dado se habrán transformado en metal. Con él debe usted hacer fundir inmediatamente dos peces y treinta *silberlingen* —una moneda alemana—. Cuando los tenga tallados, cuídelos con esmero, pues, durante el tiempo que permanezcan en su familia, todo será prosperidad, pero si alguno de ellos se pierde alguna vez, padecerán miserias sin cuento.

La condesa se lo agradeció y les deseó a todos lo mejor. Tras cubrirle de nuevo los ojos con la venda, el hombrecillo la condujo sana y salva fuera del pozo y a su propio patio, donde le retiró el vendaje. Nunca más volvió a verle.

Al día siguiente, cuando la condesa despertó, se sintió confusa. Le pareció que todo lo que había pasado aquella noche había formado parte de algún extraordinario sueño. Mientras estaba en su *toilette*, recapacitó detalladamente sobre todo lo sucedido, y se descubrió devanándose los sesos mientras le buscaba alguna explicación. Se encontraba en estas tribulaciones cuando pasó la mano sobre su mandil y se sorprendió al notar que estaba anudado; cuando lo desató, encontró entre los pliegues un montón de astillas de metal. ¿Cómo habrían llegado hasta allí? ¿Había sido el sueño real? ¿Acaso no había soñado con el hombrecillo y el bautizo? Durante el desayuno se decidió a contar la historia a los demás miembros de la familia. Todos estuvieron de acuerdo en que, significase lo que significase aquel obsequio, no debían despreciarlo. Por lo tanto, convinieron que debían fabricarse los dos peces y las monedas, y que habrían de ser cuidadosamente custodiados entre las reliquias familiares. El tiempo transcurrió y todo empezó a prosperar en la casa de los R**. El rey de Dinamarca les colmó de honores y privilegios, y les adjudicó la administración de la Alta Tesorería de su Hacienda. Y durante los siguientes años todo les fue de maravilla.

De repente, para consternación de la familia, uno de los peces desapareció. Se llevaron a cabo arduos y denodados esfuerzos por dar con su paradero, en vano. Y, justo desde aquel momento, todo empezó a ir de mal en peor. El conde, que aún vivía, tenía dos hijos varones; mientras cazaban juntos uno mató al otro. Se desconoce si fue de manera accidental o no, pero siendo ambos jóvenes bastante conocidos por enzarzarse en continuas disputas, la duda empezó a planear sobre el asunto. Aquel fue el comienzo de una época colmada de desgracias. Cuando lo sucedido llegó a oídos del rey, pensó que se hacía necesario despojar al conde del cargo que ostentaba. Se sucedieron otros muchos infortunios. La familia cayó en descrédito. Sus tierras fueron vendidas o decomisadas por la corona hasta que no les quedó más que el viejo castillo de Breitenburg y los angostos dominios que lo circundaban. Este deterioro se prolongó durante dos o tres generaciones. Además, para remate, en la familia no faltó nunca algún miembro trastornado.

Y aquí —continuó el conde— viene la parte más extraña. Yo nunca puse demasiada fe en estas pequeñas reliquias misteriosas, y así habría continuado de no ser por la concurrencia de ciertas circunstancias extraordinarias. ¿Recuerdan mi estancia en Suiza y lo repentino de su final? Pues bien, ocurrió que, justo antes de salir de Holstein, había recibido una curiosa carta. Su remitente, un caballero noruego, me contaba en la carta que se hallaba muy enfermo, pero que no quería marcharse al otro mundo sin antes verme y hablar conmigo. Pensé que aquel hombre deliraba, pues nunca antes había oído hablar de él. Consideré que no era posible que tuviésemos asunto alguno que tratar. Por tanto, desdeñé la carta y no volví a pensar en ella durante un tiempo.

De cualquier manera, mi remitente no parecía darse por satisfecho, y pronto volvió a escribirme. Mi secretario, quien durante mi ausencia atendía la correspondencia, le hizo saber que me encontraba en Suiza por motivos de salud, y que si tenía algo que comunicarme sería mejor que lo hiciese por escrito, puesto que a mí me sería imposible desplazarme hasta Noruega.

Tampoco esto satisfizo al caballero, que insistió con una tercera carta en la que me imploraba que fuese a verle y en la que declaraba que lo que tenía que decirme era de capital importancia para ambos. Mi secretario se sintió tan impresionado por el terminante tono de la carta que me la hizo llegar junto con su consejo de no desestimar aquella súplica. Esta fue la causa de mi repentina partida de Vevey; nunca me alegraré lo suficiente de no haber persistido en mi rechazo.

Siguió un largo y penoso viaje por tierras nórdicas. En más de una ocasión me vi seriamente tentado por la posibilidad de abandonar, pero algún extraño impulso me llevaba en volandas hacia mi destino. Me vi obligado a atravesar buena parte de Noruega; con frecuencia pasé jornadas completas cabalgando a solas, cruzando páramos salvajes, cenagales inundados de brezos, atravesando riscos, montañas y parajes desolados, y contemplando, siempre a mi izquierda, la costa rocosa desgarrada por el viento y azotada por el oleaje.

Finalmente, después de innumerables fatigas y penalidades, llegué al pueblo que mencionaba la carta, en la costa norte de Noruega. El castillo del caballero —una gran torre circular— estaba edificado sobre una pequeña isla alejada de la costa y comunicada por tierra mediante una estrecha pasarela. Arribé allí a altas horas de la noche, y debo admitir que sentí algunos recelos mientras cruzaba el puente bajo el resplandor indeciso de un farolillo y mientras oía el embate de las aguas oscuras por debajo de mis pies. Un individuo me abrió la verja y volvió a cerrarla tan pronto como estuve dentro. Se hicieron cargo de mi caballo y fui conducido a los aposentos del caballero. Se trataba de un pequeño habitáculo circular, escasamente amueblado, casi en lo más alto de la torre. Allí, sobre una cama, yacía un anciano caballero que parecía hallarse al borde mismo de la muerte. Cuando entré trató de incorporarse, y entonces me lanzó tal mirada de alivio y gratitud que su gesto me compensó por todas las penurias que había experimentado.

—No puedo agradecerle suficientemente, conde de R**, que haya podido atender a mi petición —dijo él—. Si me hubiese encontrado en disposición de viajar, le habría visitado yo mismo, pero eso era ya imposible, y lo cierto es que no podía dejar este mundo sin antes hablar con usted en persona. Seré breve, aunque lo que he de decirle es de vital importancia. ¿Reconoce esto?

Y sacó de debajo de su almohada mi pez, largamente extraviado. Yo, por supuesto, lo reconocí al instante; él continuó:

—No sé cuánto tiempo llevaba esto en mi casa, ni tuve noción alguna de su procedencia hasta que, recientemente, supe a quién pertenecía legítimamente. No llegó hasta aquí en mis tiempos, ni tampoco en los de mi padre, y es un misterio quién nos lo trajo. Cuando caí enfermo y mi recuperación se anunciaba imposible, una noche escuché una voz que me decía que no debía morir sin haberle restituido antes el pez al conde de R**, de Breitenburg. Yo no le conocía a usted, ni tampoco había oído hablar jamás de nadie de su familia, así que al principio hice caso omiso de aquella voz. Sin embargo, siguió acuciándome, cada noche, hasta que, desesperado, tomé la determinación de escribirle. Entonces la voz paró. Llegó su respuesta y volví a oír la advertencia de que no debía morir hasta que usted llegase. Por fin supe que vendría, y no tengo palabras para agradecerle tanta amabilidad. Estoy seguro de que no podría haber muerto en paz sin antes verle.

El anciano murió esa misma noche, yo asistí a su entierro y regresé después a casa con mi tesoro recién recuperado. Fue restituido puntualmente a su lugar. Ese mismo año, mi hermano mayor, a quien conocerán por haber sido durante años huésped de un sanatorio mental, falleció, y yo pasé a ser el propietario de este castillo. El año pasado recibí, para mi grata sorpresa, una amable misiva del rey de Dinamarca restituyéndome el puesto que ocuparan mis antepasados. En el presente año se me ha nombrado administrador de su hijo mayor, y el rey me ha devuelto buena parte de las propiedades confiscadas a mi familia. Así que el sol de la prosperidad parece brillar una vez más sobre la casa de Breitenburg. No hace mucho, envié una de las monedas a París y otra a Viena con el fin de que fuesen analizadas para saber de qué metal están compuestas, pero nadie ha sido capaz de darme una respuesta satisfactoria sobre este asunto.

De este modo el conde de R** terminó su relato, después de lo cual llevó a su impaciente interlocutora al lugar donde se atesoraban aquellos objetos preciosos y se los mostró.

PÁLPITOS CONFIRMADOS

El autor, quien está a punto de relatar tres experiencias fantasmales propias en el presente artículo verídico, considera esencial aclarar que hasta el momento en que se vio afectado por estas, nunca había creído en toques ni en golpecitos misteriosos. Sus tópicas nociones sobre el mundo espiritual le hacían considerar a sus habitantes como seres avanzados más allá de la supremacía intelectual de lugares como Peckham o Nueva York; y le daba la impresión, considerando la mucha ignorancia, presunción y locura que se dan en este mundo, de que era del todo innecesario acudir a seres inmateriales para complacer a la humanidad con hechizos burdos y supercherías aún peores; de hecho, su presunción se enfrentaba de modo frontal a la constatación de que aquellas respetadas *visiones* suelen tomarse la molestia de venir a este mundo sin más propósito que el de comportarse del mismo modo que esos idiotas que suelen sentirse felices pasándose de la raya. Este era, *grosso modo* y dicho descarnadamente, el estado mental del autor hasta hace bien poco: en concreto, hasta el pasado 26 de diciembre. En aquella memorable mañana, dos horas después de que amaneciera —es decir, a las diez menos veinte según el reloj del autor (que actualmente puede verse en la editorial que publica esta revista) y que quedará aquí identificado como un semicronómetro de la casa Bautte, de Ginebra, con número de serie 67709—, pues bien, en aquella memorable mañana, digo, dos horas después de que amaneciera, habiéndose incorporado el autor en su cama con una mano pegada a la frente, sintió claramente diecisiete fuertes palpitaciones o latidos en aquella región de su cabeza. Venían acompañadas de un cierto dolor en la zona y de una sensación general que no difería mucho de la que normalmente acompaña a los trastornos vesiculares. Cediendo a un impulso súbito, se preguntó: «¿Qué diablos será lo que me pasa?».

La respuesta que llegó al momento (en forma de latidos o palpitaciones sobre su frente) fue: «Ayer».

El que esto escribe, dándose cuenta de que no estaba despierto aún del todo, preguntó: «¿Y qué día fue ayer?».

Respuesta: «El día de Navidad».

El autor, que ya se encontraba algo más despejado, volvió a preguntar: «¿Quién trata de comunicarse conmigo?».

Respuesta: «Clarkins».

Pregunta: «¿El señor o la señora Clarkins?».

Respuesta: «Ambos».

Pregunta: «Por *señor*, ¿qué entiende? ¿El joven Clarkins o el viejo Clarkins?».

Respuesta: «Ambos».

Pues bien, daba la casualidad de que el autor había cenado la noche anterior con su amigo Clarkins —de quien pueden pedirse puntuales referencias en el Boletín Oficial de la Prensa—, y durante aquella cena se había debatido el tema de los espíritus bajo diversas ópticas y perspectivas. El autor también recordaba que tanto Clarkins sénior como Clarkins júnior habían participado muy activamente en la discusión, e incluso terminaron por imponérsela a sus acompañantes. También la señora Clarkins se sumó animadamente al debate e hizo la observación (cuando menos «alegre», si es que no fue abiertamente «extravagante») de que aquello ocurría «solo una vez al año».

Convencido, por aquellas señales, de que el golpeteo era de cariz espiritual, el autor procedió como sigue: «¿Quién es usted?».

Los golpecitos en la frente se habían reanudado, aunque de manera más incoherente. Durante un cierto tiempo fue imposible entender lo que decían. Tras una pausa, el autor —apoyando su cabeza en la almohada— repitió la pregunta con una voz solemne acompañada por un gemido:

«¿Quién es usted?»

Como respuesta, recibió de nuevo una serie completa de golpeteos incoherentes.

Entonces, volvió a preguntar con la misma solemnidad de antes y con otro gemido:

«¿Cómo se llama?»

La respuesta le llegó bajo la forma de un sonido que se asemejaba con meridiana exactitud a un fuerte hipido. Más tarde se supo que aquella voz espiritual fue claramente escuchada por Alexander Pumpion, su asistente —y séptimo hijo de la señora viuda de Pumpion, *lavandera*—, en un despacho contiguo al suyo.

Pregunta: «¿Se llama usted *Hipo*? Hipo no es un nombre adecuado».

Al no recibir respuesta, el autor dijo: «¡Le conmino solemnemente, por nuestro conocido común Clarkins, el médium

—Clarkins sénior, júnior y señora—, a que me revele su nombre!».

La respuesta, transmitida mediante golpecitos extremadamente desganados, fue: «Zumo de Endrinas, Campeche, Zarzamora».

Al autor esto le recordaba en cierto modo a una parodia sobre Tela de Araña, Polilla y Semilla de Mostaza, en *El sueño de una noche de verano;* para justificar aquella réplica, preguntó: «¿Ese no será su nombre, verdad?».

El espíritu de los golpecitos admitió: «No».

«Entonces, ¿con qué nombre se le conoce normalmente?»

Pausa.

«Vuelvo a preguntarle: ¿con qué nombre se le conoce normalmente?»

El espíritu, evidentemente bajo coacción, respondió del modo más solemne: «¡Oporto!».

Esta horrible comunicación hizo que el autor no pudiese evitar quedarse postrado, casi al borde del desmayo, durante casi un cuarto de hora, tiempo durante el cual el golpeteo prosiguió sus comunicaciones más violentamente si cabe que antes, y desfilaron ante sus ojos una multitud de apariciones espectrales de un color negruzco y con un gran parecido a renacuajos ocasionalmente dotados de la capacidad de girar en remolino hasta convertirse en notas musicales mientras se zambullían en el espacio. Después de haber contemplado una vasta legión de dichas apariciones, el autor se dirigió de nuevo al espíritu que daba los golpecitos:

«¿Cómo debo imaginarles a ustedes? ¿A cuál, de todas las cosas del mundo, se parecen más?».

La terrible respuesta fue: «¡Betún!».

En cuanto el autor fue capaz de controlar sus nervios, que eran bastantes, inquirió: «¿Debería tomar algo?».

Respuesta: «Sí».

Pregunta: «¿Puedo escribir algo?».

Respuesta: «Sí».

Al momento se le vinieron a las manos, como por ensalmo, un lápiz y un pedazo de papel que había en la mesilla, junto a la cama, y se encontró a sí mismo forzado a escribir (con una letra rara e insegura, inclinada hacia abajo, cuando lo cierto es que su letra normalmente era bastante clara y recta) la siguiente nota espiritual:

> *El Sr. C. D. S. Pooney presenta sus respetos a la Sra. Bell y Compañía, Industrias Farmacéuticas, Oxford Street, frente a Portland Street, y le ruega que tenga la bondad de enviarle con el portador de esta una genuina píldora azul de cinco granos y una auténtica dosis negra de poder similar.*

Antes de confiarle este documento a Alexander Pumpion —quien, desafortunadamente, lo extravió a su regreso, aunque sospecho que pudo haberlo metido adrede en alguno de los agujeros del horno de una castañera ambulante para ver cómo ardía—, el autor resolvió poner a prueba al espíritu de los golpecitos con una pregunta definitiva. Para ello, preguntó con voz profunda e impresionante:

«¿Me provocarán tales remedios dolor de estómago?».

Es imposible describir la confianza profética de la réplica: *«Sí»*. Aquella afirmación se vio completamente respaldada por el resultado ulterior, como largamente recordará el autor; así que, después de aquella experiencia, se hizo innecesario recalcar que el autor ya no podía seguir dudando de aquel fenómeno.

* * *

La siguiente comunicación contó con la participación de un personaje verdaderamente interesante. Tuvo lugar en una de las principales líneas de ferrocarril de nuestro país. Las circunstancias bajo las cuales le fue hecha la revelación al autor de estas páginas —en el segundo día de enero del presente año— fueron estas. El autor ya se había recuperado de los efectos de la sorprendente visita de la semana anterior y había vuelto a participar en las tradicionales fiestas navideñas. El día anterior lo había pasado entre risas y celebraciones. Estaba de camino hacia una importante ciudad (un conocido emporio comercial en el que tenía asuntos que tratar) y había almorzado con más prisa de la habitual en los ferrocarriles debido al retraso del tren. Su comida le había sido servida, de forma reacia, por una joven que estaba convenientemente atrincherada tras un mostrador. La muchacha en cuestión debía de encontrarse en aquel momento muy ocupada en arreglarse el pelo y el vestido, por lo que su expresivo semblante denotaba un cierto desdén. Ya se verá cómo esta joven acabó resultando ser una poderosa médium.

El autor volvió a su compartimento de primera clase, en el que, casualmente, viajaba solo. El tren había reanudado ya su marcha y él se quedó levemente transpuesto. En el implacable reloj, anteriormente mencionado, ya habían pasado cuarenta y cinco minutos desde su encuentro con la muchacha del bar, cuando fue despertado por un instrumento musical muy peculiar. Este instrumento, que percibió con admiración no exenta de cierta alarma, sonaba directamente desde su interior. Sus tonos eran graves y repetitivos, difíciles de describir, aunque, si se admite la comparación, recordaban en cierto modo a un sonoro ardor de estómago. Sea como fuere, al autor le parecieron muy semejantes a los que conlleva esa humillante dolencia.

Coincidiendo con el momento en que se dio cuenta del fenómeno en cuestión, el autor se percató de que llamaba su atención una acelerada sucesión de furiosas palpitaciones en el estómago, acompañadas de una opresión en el pecho. Como no era ya un escéptico, decidió entablar inmediata comunicación con el espíritu. El diálogo fue como sigue:

Pregunta: «¿Conozco su nombre?».

Respuesta: «Diría que sí».

Pregunta: «¿Empieza por la letra P?».

Respuesta (por segunda vez): «Diría que sí».

Pregunta: «¿Tiene, por un casual, dos nombres de pila, que empiezan respectivamente por la P y por la C?».

Respuesta (por tercera vez): «Diría que sí».

Pregunta: «¡Le ordeno que abandone esas frívolas maneras y que se identifique por su nombre!».

El espíritu, tras reflexionar unos segundos, deletreó la palabra P-A-S-T-E-L.

Entonces, el instrumento musical dio paso a la interpretación de unos breves y pautados compases. El espíritu empezó de nuevo y deletreó la palabra C-A-R-N-E.

Pues bien —como bien les gustará saber a los más tragones—, justo había sido este tipo de hojaldre, esta vianda o comestible en concreto, el que había sido encargado por el autor como plato principal de su almuerzo; y, es más, también había sido el mismo plato que le fue servido por la joven a la que ahora, a la vista de los acontecimientos, el autor no tenía más remedio que reconocer como a una poderosa médium. El escritor continuó la conversación muy satisfecho por la convicción, así forjada en su mente, de que el ente con el que hablaba no pertenecía a este mundo.

Pregunta: «¿Se llama, pues, Pastel de Carne?».

Respuesta: «Sí».

Pregunta (que el autor formuló tímidamente tras vencer algunas reticencias normales): «¿Así que es en verdad un pastel de carne?».

Respuesta: «Sí».

Sería inútil intentar describir aquí el alivio que el autor sintió tras esta trascendental respuesta. Continuó:

Pregunta: «Aclaremos un punto. ¿Es usted parte carne y parte pastel?».

Respuesta: «Exacto».

Pregunta: «¿De qué está hecha la parte de usted que es pastel?».

Respuesta: «De manteca de cerdo».

Entonces notó unos compases tristes procedentes del instrumento musical, y a continuación la palabra PRINGUE.

Pregunta: «¿Cómo debo imaginar que es usted? ¿A qué se parece?».

Respuesta (muy rápidamente): «Plomo».

Una sensación de abatimiento le sobrevino en aquel momento al autor. Cuando la hubo logrado controlar en cierta medida, continuó:

Pregunta: «Su otra naturaleza es de tipo porcino. ¿De qué se alimenta principalmente?».

Respuesta (enérgica): «¡De cerdo, desde luego!».

Pregunta: «No es así. ¿Se alimenta acaso el cerdo de cerdo?».

Respuesta: «No es así exactamente».

Una extraña sensación interior, parecida a un vuelo de palomas, sacudió al autor. Entonces pareció iluminarse de manera sorprendente y dijo:

«¿Esta sugiriendo que la raza humana, atacando imprudentemente al indigesto fuerte que lleva su nombre, y no teniendo tiempo para asaltarlo —debido a la gran solidez de sus casi impermeables muros—, ha desarrollado el hábito de dejar muchas de sus satisfacciones en manos de los médiums, quienes con tal cerdo alimentan a los cerdos de futuros pasteles?».

Respuesta: «¡Así es!».

Pregunta: «Entonces, parafraseando las palabras de nuestro bardo inmortal…».

Respuesta (interrumpiendo): *«El mismo puerco, en su momento, sirvió para hacer muchos pasteles, al menos siete empanadas».*

En este punto, la emoción del autor era profunda. Sin embargo, deseoso otra vez de volver a evaluar al espíritu, y para establecer si, utilizando la poética fraseología de los avanzados videntes de los Estados Unidos, le era posible acceder a alguno de los más íntimos y elevados círculos, puso a prueba sus conocimientos en este sentido:

Pregunta: «En la salvaje armonía del instrumento musical que mora en mi interior, de la que soy consciente, ¿de qué otras substancias hay aromas, además de las que ha mencionado?».

Respuesta: «Madreselva, goma guta. Camomila. Melaza. Vapores de vino. Destilado de patatas».

Pregunta: «¿Nada más?».

Respuesta: «Nada que merezca la pena mencionar».

¡Que tiemblen los desdeñosos y rindan pleitesía, que se sonrojen los débiles escépticos! Para almorzar, el autor había pedido a la poderosa médium un vaso de jerez y también una copita de *brandy*. ¿Quién podría dudar de que las materias primas señaladas por el espíritu no le habían sido suministradas por ella bajo aquellos dos nombres?

* * *

En otras circunstancias, mi testimonio sería suficiente para demostrar que experiencias como la anterior han de dejar de cuestionarse, y debería considerarse primordial el tratar de explicarlas. Es un exquisito caso de *pálpito*.

El destino del autor le había llevado a abrigar un enamoramiento sin esperanzas hacia la señorita L** B**, de Bungay, en el condado de Suffolk. En el momento en que sucedieron las palpitaciones, la señorita L** B** no había rechazado abiertamente todavía la propuesta del escritor de ofrecerle su mano y su corazón, pero, desde entonces, parecía probable que ella se hubiera visto disuadida de esa idea por temor filial hacia su padre, el señor B**, quien era favorable a las pretensiones del autor. *Entonces suenan los latidos.* Un joven, repugnante a los ojos de las personas inteligentes (desde que se casara con la señorita L** B**), estaba de visita en la casa. El joven B**, por su parte, había vuelto a casa desde el internado. El autor estaba también presente. La familia se había reunido alrededor de una mesa. Era la hora mágica del crepúsculo de un mes de julio. Los objetos no se distinguían con claridad. De pronto, el señor B**, cuyos sentidos habían estado adormecidos, infundió el terror en nosotros profiriendo un apasionado chillido o exclamación. Sus palabras (por una educación desatendida en su juventud) fueron exactamente estas:

—¡Maldición! ¡Hay alguien que me está deslizando una carta en la mano bajo mi propia mesa!

La consternación se apoderó del grupo. La señora B** alimentó la desesperación reinante al declarar que alguien le había estado pisando suavemente los pies en intervalos de media hora. Una congoja aún mayor se cernió sobre los allí reunidos. El señor B** pidió que se encendiesen las luces.

Entonces suenan los latidos.

El joven B** gritó (cito textualmente):

—¡Son los fantasmas, padre! Me han estado haciendo esto mismo desde hace quince días.

El señor B** pregunta en tono irascible:

—¿Qué quiere decir usted, joven? ¿Qué es lo que han estado haciendo?

El joven B** responde:

—Tratan de convertirme en una oficina postal, padre. Siempre están introduciendo en mí cartas impalpables, señor. Alguna carta debe de haberse arrastrado hasta usted por error. Debo de ser un médium, padre. ¡Oh, ahí viene otra! —grita el joven B**—. ¡Soy un condenado médium!

Entonces el muchacho se convulsiona violentamente, babeando, y agita sus piernas y sus brazos de un modo calculado para provocarme (y lo consigue) un serio malestar, pues yo sostenía a su respetable madre (al alcance de sus botas) y él se comportaba como un telégrafo primitivo. Todo aquel tiempo el señor B** había estado mirando por debajo de la mesa buscando la carta dichosa, mientras que el repulsivo joven, desde que se casara con la señorita L** B**, protegía a dicha dama de forma abominable.

—¡Oh, aquí viene otra vez! —El joven B** lloraba sin cesar—. ¡Seguro que soy un maldito médium! ¡Ahí viene! ¡Habrá un temblor enseguida, padre! ¡Cuidado con la mesa!

Entonces suenan los latidos. La mesa se ladeó tan violentamente como para golpear al señor B** al menos una docena de veces sobre la calva, mientras miraba a ver quién había debajo de ella, lo que hizo que emergiese con gran agilidad, y la frotase (su calva) con gran suavidad y la maldijese (a la mesa) con vehemencia. Señalar que la inclinación de la mesa iba en dirección uniforme hacia la corriente magnética, es decir, de sur a norte, o desde el joven B** hacia el señor B**, su padre. Y habría hecho algún comentario más profundo sobre aquel extremo tan interesante, de no ser porque entonces la mesa se agitó y se inclinó hacia mí, tirándome al suelo con una fuerza aumentada por el impulso que le transmitió el joven B** al venirse hacia ella en un frenético estado de exaltación mental que no pudo ser reducido hasta pasado un rato. Entre tanto, yo era consciente de cómo su peso y el de la mesa me aplastaban, y de cómo gritaba a su hermana y al repugnante joven que no dejaba de clamar que presentía que habría otra sacudida en cualquier momento.

Sin embargo, aquello no llegó a ocurrir. Nos recuperamos después de un breve paseo en la oscuridad. No se notaron, durante el resto de la velada, efectos peores que los presenciados, salvo una ligera tendencia a la risa histérica y una llamativa atracción (casi podría decir fascinación) de la mano izquierda del muchacho hacia su corazón (¿o quizás era hacia el bolsillo de su chaleco?).

¿Fue o no fue este un caso de palpitaciones? ¿Se atreverán a responder el escéptico y el burlón?

LA VISITA DEL SEÑOR TESTADOR

El señor Testador alquiló un conjunto de habitaciones en Lyons Inn. Contaba con escaso mobiliario para su dormitorio y no tenía ninguno para su sala de estar. Durante casi todo el invierno se había visto obligado a vivir en aquellas condiciones, y las habitaciones le parecían desnudas y frías. Una noche, pasadas las doce, estaba sentado escribiendo mientras esperaba la hora de acostarse, cuando se dio cuenta de que se le había terminado el carbón. Recordó que en el sótano había una carbonera; sin embargo, nunca había bajado hasta allí, y no sabía si debía aventurarse solo por aquellas profundidades a una hora tan tardía. En cualquier caso, la llave se hallaba sobre la repisa de la chimenea, y pensó que si bajaba y abría el cuarto al que correspondía, bien podría entenderse que el carbón que hubiese allí sería suyo. La mujer que se encargaba de su colada vivía en algún tugurio ignoto junto al río, entre los carboneros y los barqueros del Támesis —pues por aquel entonces aún había barqueros en el Támesis—, bajando por callejuelas y angostos pasajes al otro lado del Strand. En Lyons Inn todos soñaban —dormidos o despiertos— y se ocupaban de sus propios asuntos; borrachines, llorones, malhumorados, apostadores, dándole vueltas todo el día a la manera de conseguir un descuento en la tienda, o pensando si renovar el contrato… Así que no había peligro de toparse con nadie que pudiese obstaculizar su tarea. El señor Testador tomó en una mano el cubo metálico para el carbón, y su palmatoria y la llave del sótano en la otra, y descendió a las lóbregas mazmorras de Lyons Inn. Desde la calle llegaba el estruendo de los carruajes que aún circulaban a aquella hora. También, por el rumor de las cañerías, dedujo que todos los desagües del barrio debían de estar atascados —como la palabra «amén» en la garganta de Macbeth— y trataban de respirar. Después de tantear aquí y allá entre puertas bajas que no abrían, el señor Testador dio al fin con un herrumbroso candado. Probó con la llave y comprobó que el candado cedía. Abrió la puerta con gran dificultad y al asomarse dentro no encontró nada de carbón; en su lugar había una caótica montaña de muebles apilados. Alarmado por su intrusión en lo que evidentemente era la propiedad de otra persona, cerró con cuidado la puerta y, tras encontrar su propio sótano, rellenó el cubo con carbón y volvió a subir a sus habitaciones.

Hasta que finalmente se fue a dormir, a las cinco de la mañana, no pudo apartar de su mente los muebles que había visto allí abajo. Estaba especialmente necesitado de un tablero sobre el que escribir, y en aquel trastero había visto una mesa que iría ni pintada para ese propósito. Cuando la muchacha que le hacía las tareas emergió de su madriguera la mañana siguiente y puso una tetera a hervir, él procuró llevar arteramente la conversación hacia el sótano y los muebles, aunque ella no supo, o no quiso, conectar en su mente ambas ideas. Después de que ella se hubo marchado, él se sentó a desayunar tranquilamente. No podía apartar los muebles de su cabeza. Recordó el estado tan lamentable en que se encontraba la oxidada cerradura, y dedujo que aquel mobiliario debía de llevar mucho tiempo almacenado en aquel sótano. Tal vez estuviera abandonado, o podía incluso que su dueño hubiese fallecido ya. Reflexionó sobre ello durante algunos días, al cabo de los cuales no pudo extraer ninguna información de las gentes de Lyons Inn acerca de la naturaleza de aquellos muebles. Desesperado, aquella misma noche decidió bajar y tomar la mesa prestada. No acababa de hacerse con ella cuando se le antojó subirse también una butaca, y no bien la tuvo entre sus manos cuando tomó la determinación de arramblar también con una librería entera, después con un diván, y con una alfombra y un felpudo… Entonces sintió que había llegado tan lejos con aquel asunto de los muebles que había poca diferencia entre llevarse unos cuantos y llevárselos todos. Hizo esto y luego dejó bien cerrado el sótano, pues siempre lo cerraba con gran cuidado después de cada visita. Noche tras noche, se había ido llevando cada artículo por separado, aprovechando la oscuridad. Se sentía, como poco, tan mezquino como un profanador de tumbas. Cuando los fue subiendo a sus habitaciones, todos los objetos estaban ajados y tenían una capa de polvo encima. Él, de manera casi delictiva y culpable, los limpió y pulió mientras todo Londres se entregaba al sueño.

El señor Testador vivió en aquellos aposentos amueblados durante dos o tres años, o más y, gradualmente, se fue haciendo a la idea de que aquellos enseres eran suyos en realidad. Había llegado a aquel razonamiento tan conveniente cuando, una noche, escuchó unos pasos que subían por la escalera. De pronto, una mano rozó su puerta buscando el picaporte;

en ese momento un repiqueteo profundo y solemne le hizo saltar como impulsado por un resorte de la butaca en la que estaba sentado.

Sujetando una vela, el señor Testador abrió la puerta y se encontró con un hombre pálido y de elevada estatura, encorvado sobre unos amplios hombros que enmarcaban unos estrechos pectorales. El individuo en cuestión tenía la nariz muy colorada; era, en suma, una especie de caballero zarrapastroso. Iba envuelto en un largo abrigo negro deshilachado que llevaba abrochado con más imperdibles que botones. Bajo su brazo retorcía un paraguas sin mango, como si estuviese tocando la gaita. El hombre se dirigió a él.

—Le ruego que me disculpe, pero ¿podría decirme...? —y se interrumpió fijando su mirada en el interior de la estancia.

—¿Decirle qué? —preguntó el señor Testador, repentinamente alarmado al percibir aquella pausa.

—Discúlpeme —dijo el extraño—, pero..., y que conste que esto no es lo que quería preguntarle en un principio..., ¿es *posible* que esté viendo por aquí algún pequeño objeto que sea por casualidad de mi *propiedad?*

El señor Testador comenzó a tartamudear una disculpa inconexa, pero para entonces el visitante ya se había tomado la libertad de deslizarse dentro de su habitación. Empezó a moverse por toda la estancia como si fuera un duende, y al señor Testador se le heló la sangre. Primero examinó el escritorio y dijo: «Mío»; después la butaca y dijo: «Mía»; a continuación la librería y añadió: «Mía»; luego levantó una esquina de la alfombra y volvió a decir: «¡Mía!». En una palabra, inspeccionó cada pieza del mobiliario del sótano, para declarar a continuación que le pertenecía.

Sería hacia el final de su examen cuando el señor Testador se percató de que el visitante estaba empapado en alcohol; en concreto le pareció percibir que se trataba de ginebra. Sin embargo, el visitante no parecía vacilante en su habla o en su equilibrio, aunque sí se le notaba cierta rigidez en sus andares, aunque quizás eso podría ser achacable a la propia ginebra, pensó el señor Testador.

El señor Testador se encontraba, ciertamente, en un estado mental deplorable. Estaba convencido —según lo que deducía por el comportamiento del extraño personaje— de que las consecuencias de su temeridad y su atrevimiento finalmente caerían sobre él con toda su violencia. Tras unos breves instante en los que ambos estuvieron frente a frente, escrutándose las miradas, el señor Testador comenzó a tartamudear:

—Señor, soy consciente de que le debo una completa explicación; es más, le debo una compensación, sin duda. Permítame suplicarle que no se enfade conmigo, aunque entiendo que su irritación es legítima. Quizás podríamos...

—¡Tomar un trago! —le interrumpió el extraño—. Me parece un plan perfecto.

El señor Testador en realidad quería decir «tener una pequeña conversación», pero con gran alivio aceptó la sugerencia. Sacó una garrafa de ginebra, la colocó sobre la mesa y se puso a buscar afanosamente agua caliente y azúcar. Cuando se dio cuenta, comprobó que su visitante ya se había bebido la mitad de la frasca. Poco menos de una hora después —si es que podía confiar en el carillón de la iglesia de St. Mary, en el Strand—, su visita ya había dado buena cuenta del resto de la ginebra junto con el agua y el azúcar. De vez en cuanto, entre trago y trago, musitaba en un susurro: «¡Mío!».

Cuando se acabó la ginebra, el señor Testador le preguntó a su visitante qué pasaría a continuación. El extraño personaje se levantó y, poniéndose aún más rígido si cabe, dijo:

—¿A qué hora de la mañana le viene bien que vuelva?

El señor Testador se aventuró a decir:

—¿A las diez?

El tipo le respondió:

—Perfecto, a las diez. Aquí estaré, señor. —Entonces contempló al señor Testador de modo calmoso y soltó—: ¡Dios le bendiga! Y dígame, ¿cómo está su mujer?

El señor Testador —que nunca había tenido esposa— replicó con sentimiento:

—Está algo nerviosa, la pobrecilla, pero por lo demás está perfectamente.

Entonces el visitante se volvió hacia la puerta y se marchó, cayéndose dos veces mientras bajaba las escaleras. Desde ese momento no se volvió a saber nada más de él. Tampoco se supo si se trataba de un fantasma, o de una ilusión espectral de la conciencia, o de un borracho que se había equivocado de casa, o del legítimo y ebrio propietario de los muebles que se hubiera plantado ante su puerta aprovechando un lapso momentáneo de su locura. Ni se supo tampoco si llegó bien a su casa o incluso si tenía casa a la que llegar, o si murió alcoholizado por el camino, o bien si vivió desde entonces entregado al licor para siempre. Nunca más volvió a oírse nada de él, ni a vérsele. Esta es la historia que acompañaba al mobiliario y que fue aceptada como válida por su segundo poseedor en los aposentos del apartamento situado en uno de los pisos superiores de la desolada Lyons Inn.

LA HISTORIA DEL RETRATISTA

En estas mismas páginas fue publicado recientemente un texto cuyo título rezaba «Cuatro historias de fantasmas». La primera de esas historias narra la extraña experiencia vivida por un reconocido artista inglés, al que bautizamos como Mr H**. A la publicación de aquel relato, el propio Mr H** sorprendió al editor de este diario haciéndole llegar su propia versión de los acontecimientos recogidos en el relato. Teniendo en cuenta que Mr H** nos escribió abiertamente (con su nombre completo y desde su propio estudio en Londres), y que además no nos cabía duda alguna de que se trataba de un caballero responsable, se hacía imprescindible leer su comunicado con atención. Inconscientemente, según nos decía el caballero, se había cometido una grave injusticia en la primera de las citadas «Cuatro historias de fantasmas», por lo que la reproducimos aquí íntegramente, tal como el reconocido artista nos la remitió. Por supuesto, esta publicación se hace con el beneplácito y la autorización del propio Mr H**, y él mismo se ha encargado de corregir las pruebas. Hemos descartado cualquier teoría propia en cuanto a la explicación de las partes más controvertidas de esta interesante narración, y hemos decidido hacer prevalecer la versión de Mr H**, que aquí presentamos sin comentarios introductorios. Tan solo resta añadir que en ningún momento nadie medió entre nosotros y Mr H** en este asunto. Todo el relato es, por tanto, de primera mano. Baste decir que cuando Mr H** leyó nuestro artículo «Cuatro historias de fantasmas», nos escribió haciendo gala de una excelente franqueza y de un mejor talante: «Soy el Mr H** del que ustedes hablan; el mismo a quien se hace mención en su artículo. Desconozco cómo ha llegado a trascender mi historia, pero esta que les mando está contada de forma correcta. Me sucedió a mí personalmente, y tal como ocurrió la cuento.»

Soy pintor. Una mañana de mayo de 1858 estaba sentado en mi estudio, entregado a mis quehaceres cotidianos. A una hora más temprana que la reservada habitualmente para las visitas, recibí la de un amigo a quien había conocido en Richmond Barracks, en Dublín, haría un año o dos. Aquel individuo en concreto era capitán de la 3.ª Milicia de York Occidental y, por la hospitalidad con la que me recibió cuando fui su huésped en aquel regimiento, así como por la afinidad personal que surgió entre nosotros, personalmente me sentí en la obligación de ofrecer a mi visitante un adecuado refrigerio. Y de ese modo nos dieron las dos de la tarde y seguíamos bien metidos en conversación, fumando habanos y decantando un buen jerez. Sería aproximadamente entonces cuando el sonido del timbre me recordó un compromiso que tenía con una joven modelo de esbelto cuello y armonioso rostro, que se ganaba la vida posando para diversos artistas. No hallándome de humor para trabajar, convine con ella en que viniese al día siguiente con la promesa, cómo no, de remunerar su pérdida de tiempo, y así se marchó. Regresó a los cinco minutos, me pidió hablar en privado y a continuación me confió que contaba con el dinero por el posado de aquel día y que se veía contrariada por esa necesidad, por lo que me preguntó si podría adelantarle una parte de su estipendio. No puse objeciones a ello, y la muchacha volvió a marcharse. Cerca de la calle en la que vivo hay otra calle de nombre parecido, y aquellos que no están familiarizados con mi dirección con frecuencia acaban allí por error. El camino de la modelo la condujo directamente allí y, cuando llegó, se vio abordada por una dama y un caballero que le preguntaron si podía informarles de dónde estaba mi casa. Habían olvidado la dirección correcta y se habían propuesto dar conmigo preguntando a las personas con las que se encontrasen. Pocos minutos después se presentaban en la puerta de mi vivienda.

Estos nuevos visitantes me eran absolutamente desconocidos. Habían visto un retrato que yo había hecho y deseaban que les pintase a ellos y a sus hijos. El precio que fijé no les disuadió y, llegados a un acuerdo preliminar, me sugirieron que fuéramos a mi estudio a fin de elegir el estilo y el tamaño del cuadro que pensaban encargarme. Mi amigo de la 3.ª de York Occidental, que era alguien dotado de exquisitas maneras y de un fino humor, hizo las veces de marchante, resaltando los méritos de cada obra con unos modales que yo no me habría permitido adoptar, obligado por la falta de confianza en uno mismo que se espera de un hombre a quien se pone en el brete de hablar de su propia producción. Satisfechos por la inspección, me preguntaron si tendría inconveniente en viajar a su casa de campo para pintar los retratos. Yo no encontré objeciones a tal petición, así que acordamos una cita para el siguiente otoño. Quedé en escribirles fijando una fecha en la que podría ausentarme de la ciudad para atender su encargo. Tras aclarar aquel punto, el caballero me tendió su tarjeta y los visitantes se marcharon. También mi amigo se fue al cabo de un rato. Cuando, ya más tranquilo, me fijé en la tarjeta que habían dejado los desconocidos, me vi contrariado por el hecho de que, aunque contenía el apellido de Mr y Mrs Kirkbeck, pues tal era su nombre, esta no recogía ninguna dirección a la que pudiera dirigirme. Traté de dar con ella buscando en el Registro, pero tal denominación no figuraba en ningún lado, así que metí la tarjeta en mi escritorio y por un tiempo me olvidé de todo el asunto.

Y así llegó el otoño, y con él una serie de compromisos que me vi obligado a atender en el norte de Inglaterra. Hacia finales de septiembre de 1858 me encontraba, pues, asistiendo a una cena de gala en una casa solariega en los límites de los condados de Yorkshire y Lincolnshire. El hecho de que estuviese en aquella casa era puramente accidental, pues en realidad era un total desconocido para la familia. Había planeado pasar un día y una noche con un amigo que vivía cerca y que era íntimo de mis anfitriones. Mi amigo había recibido de ellos una invitación para cenar y, al coincidir esta con el día de mi visita, les había pedido que me permitiesen acompañarle. La fiesta estaba muy concurrida; a medida que la cena iba finalizando y llegaban los postres, la conversación se animó. Aquí debería mencionar que mi oído es bastante defectuoso, unas veces oigo más y otras menos, y que aquella noche en concreto me veía aquejado de una notable sordera, tan pronunciada que la conversación solo me llegaba bajo la forma de un estrépito constante. De todos modos, en cierto momento logré escuchar claramente una palabra, aunque esta fue pronunciada por una persona que se encontraba a una considerable distancia de mí. La palabra era «Kirkbeck». En la vorágine de la temporada londinense, me había olvidado totalmente de aquellos visitantes que en primavera me habían dejado esa extraña tarjeta sin dirección. La coincidencia atrajo mi atención e inmediatamente recordé el trato que habíamos hecho meses atrás. En la primera oportunidad que tuve, le pregunté a la persona con la que hablaba si había en la zona alguna familia con aquel nombre en cuestión. Como respuesta se me dijo que Mr Kirkbeck vivía en la localidad de A**, en el extremo más alejado del condado. Al día siguiente escribí al caballero en cuestión diciéndole que creía que era el mismo que me había visitado en mi estudio la anterior primavera, y que habíamos llegado a un acuerdo que me había visto impedido de cumplir por no constar ninguna dirección en su tarjeta de visita; por otro lado, le comentaba que, en mi regreso desde el norte hasta Londres, me hallaría brevemente en aquella zona. Finalmente le pedía que, en caso de que me hubiera equivocado al escribirle, no se tomase la molestia de responder a mi nota. Consigné mi dirección en la lista de correos de la Estafeta de York y, tres días después, recibí una nota de Mr Kirkbeck en la que expresaba su satisfacción al tener noticias mías y me comunicaba que, si tenía tiempo de visitarle a mi vuelta, dejaríamos organizado el asunto de los cuadros; también me pedía que le anunciase mi llegada con un día al menos de antelación, para así poder atender a sus compromisos. Finalmente, tras otra nota mía, convinimos en que iría a su casa al sábado siguiente y me quedaría allí hasta el siguiente lunes por la mañana. Regresaría después a Londres, para atender ciertos asuntos que tenía pendientes, y volvería dos semanas más tarde a su casa para finalmente pintar el cuadro.

El día acordado para mi visita, desayuné presto y ocupé mi plaza en el tren matutino que va de York a Londres. El tren hizo escala en Doncaster y después en el empalme de Retford, en donde tuve que apearme para tomar la línea que atraviesa Lincoln hasta la localidad de A**. Era un día frío, húmedo y brumoso; un día de lo más desapacible que yo haya conocido en Inglaterra siendo, como era, solo el mes de octubre. No había ningún otro ocupante en el vagón aparte de mí, pero en Doncaster subió una dama. Mi asiento estaba situado junto a la puerta del vagón, en el sentido contrario a la marcha. Como se considera que ese es un asiento reservado para las damas, le ofrecí ocuparlo, invitación que la recién llegada declinó graciosamente, sentándose en la esquina opuesta y diciendo, con una voz muy agradable, que le gustaba sentir la brisa en las mejillas. Pasó los siguientes breves minutos acicalándose. Extendió el guardapolvo a un lado, se alisó la falda del vestido, estiró sus guantes y realizó esos frívolos arreglos en su plumaje que las mujeres no pueden evitar hacer antes de acomodarse en las iglesias o en otros lugares, siendo el último y más importante de todos retirar del sombrero el velo que ocultaba sus facciones. Pude fijarme entonces en que se trataba de una dama joven, seguramente no mayor de veintidós o veintitrés años; aunque era moderadamente alta, de hechuras algo robustas y de expresión resuelta, podría haber pasado perfectamente por alguien dos o tres años más joven. Supongo que su constitución física se consideraría normal: tenía el pelo de un castaño rojizo brillante, mientras que sus ojos y sus marcadas cejas eran casi negros. El color de sus mejillas era de un pálido tono transparente que hacía destacar sus grandes y expresivos ojos, y también la decidida expresión de su boca. Observada en conjunto, resultaba más atractiva que bella en sí; había cierta profundidad y armonía en sus facciones, que, si bien no eran del todo regulares, resultaban infinitamente más agradables que si hubiesen sido modeladas siguiendo las más estrictas normas de la simetría.

No es cosa desdeñable poder disfrutar de una grata compañía con la que departir durante un monótono recorrido en un día húmedo, alguien con quien conversar y que posea la sustancia necesaria como para hacerle olvidar a uno lo extenso y tedioso del viaje. A este respecto, no tenía motivo de queja, pues la joven se reveló, decididamente, como una conversadora ciertamente agradable. Cuando se hubo instalado cómodamente a su gusto, me pidió que le permitiese echarle un vistazo a mi *Bradshaw*,[10] y no siendo ninguna experta en tan ardua labor, requirió mi ayuda para determinar a qué hora pasaba de nuevo el tren por Bradford en su regreso desde Londres a York. La conversación giró en torno a los habituales tópicos que suelen intercambiar los viajeros. Sin embargo, y para mi sorpresa, ella la condujo hacia temas más particulares con los que me supongo se hallaba más familiarizada. De hecho, no puedo evitar destacar que sus modales, que yo diría que eran más bien discretos, correspondían a los de alguien que supiera de algún modo quién era yo, sea por conocimiento personal o por referencias. Había en su manera de comportarse una especie de confidencialidad que no suele darse entre extraños, y, a veces, parecía incluso refererise a diferentes circunstancias con las que yo había tenido relación en el pasado.

Después de tres cuartos de hora de conversación, el tren llegó a Retford, donde yo tenía que cambiar de línea. Al apearme

10. Famosa guía de ferrocarriles ingleses que, bajo el nombre de *Bradshaw's Railway Time Tables and Assistant to Railway Travelling*, fue publicada por primera vez en Manchester en 1839 por el cartógrafo, impresor y editor George Bradshaw. Se trata de la primera guía de horarios de trenes del mundo.

y desearle buenos días, ella hizo un ligero movimiento con la mano como si pretendiese estrechar la mía, y al corresponder yo a su gesto, ella se despidió diciendo:

—Me atrevería a asegurar que volveremos a vernos.

—Espero, efectivamente, que volvamos a encontrarnos —le respondí yo, del modo más caballeroso que pude.

De ese modo nos separamos; ella partió camino a Londres y yo tomé la línea que atraviesa el condado de Lincolnshire y que llega a A**. El resto del viaje se me hizo horrendamente frío, húmedo y gris. Echaba de menos la agradable charla que había tenido con aquella dama, y traté de suplirla leyendo un libro que llevaba conmigo, y luego el diario *The Times*, que me había procurado en Retford. Sin embargo, hasta los recorridos más desagradables tienen un final, y el mío concluyó poco antes de las cinco y media de la tarde. El cochero que me aguardaba en la estación me dijo que también se esperaba la llegada de Mr Kirkbeck, que venía en el mismo tren. Sin embargo, como el caballero finalmente no apareció, el cochero decidió, conforme a las instrucciones que había recibido previamente de él, llevarme solo a mí y volver media hora más tarde a buscar a su amo.

Cuando llegué, la familia estaba todavía ausente por diversos quehaceres. Me informaron de que la cena sería servida a las siete, y yo me dirigí a mi habitación para deshacer el equipaje y vestirme adecuadamente. Tras completar estas operaciones, bajé a la sala de estar. Probablemente aún quedaba un rato hasta la hora de la cena, ya que las lámparas no estaban encendidas todavía; en su lugar, un fuego llameante arrojaba un chorro de luz sobre cada rincón de la habitación, y más específicamente sobre una dama que, vestida de un negro riguroso, esperaba de pie junto a la chimenea calentándose uno de sus esbeltos pies al borde del guardafuego. Al estar con la cara vuelta hacia el lado opuesto de la puerta por la que yo había entrado, no pude distinguir sus rasgos en un primer momento. De todos modos, conforme fui avanzando hacia el centro de la sala, la dama retiró inmediatamente el pie del calor de la chimenea y se volvió para dirigirse a mí. Cuál no sería mi sorpresa cuando me di cuenta de que no era otra sino mi compañera de trayecto en el tren.

Si sintió algún tipo de perplejidad al verme allí, no la dejó traslucir; bien al contrario, con uno de esos gestos joviales que hacen que hasta la mujer más simple parezca bella, me acogió recordándome su antigua predicción:

—Ya le dije que volveríamos a vernos.

En aquel momento, el propio desconcierto de encontrarla en la misma casa en la que yo me alojaba me impidió articular palabra alguna. No sabía en qué ferrocarril o por qué medios podría haber llegado hasta la casa. Estaba seguro de haberla dejado en el tren que se dirigía a Londres; yo mismo la había visto partir con mis propios ojos. La única manera posible de llegar hasta allí, cavilé, era siguiendo hasta Peterborough y regresando por un ramal secundario hasta A**. Es decir, recorriendo una ruta de unas noventa millas. En cuanto la sorpresa me permitió recuperar el habla, le dije que, de haber sabido adónde se dirigía, me habría encantado acompañarla en su viaje.

—Eso habría sido algo difícil —repuso.

Justo entonces apareció el criado con las lámparas y me informó de que su amo acababa de llegar y bajaría en unos minutos.

La joven tomó entonces de una estantería un libro de grabados y, extrayendo uno de ellos (un retrato de Lady **), me pidió que lo mirase bien y le dijese si encontraba algún parecido con ella.

Estaba enfrascado en el dibujo, tratando de formarme una opinión respecto a lo que la dama me había preguntado, cuando aparecieron los Kirkbeck. Ambos me estrecharon la mano efusivamente entre disculpas por no hallarse en casa para recibirme. El caballero concluyó su bienvenida pidiéndome que acompañase a la señora Kirkbeck hasta la mesa.

Con la señora de la casa cogida de mi brazo, pasamos al comedor. Ciertamente dudé un instante si cederle el paso primero al señor Kirkbeck, que caminaba junto a la misteriosa dama de negro, pero el señor Kirkbeck no pareció entender mi gesto y finalmente entramos todos a un tiempo. Como éramos solo cuatro comensales, nos acomodamos sin problemas; nuestros anfitriones en los extremos de la mesa y la dama de negro y yo a cada uno de los lados. La cena transcurrió según lo habitual en tales circunstancias. Siendo yo el invitado, dirigí mi conversación principalmente, si no en exclusiva, hacia mi anfitrión y mi anfitriona. No puedo recordar, ahora que lo pienso, que nadie se dirigiese a la dama sentada frente a mí. Viendo esto y rememorando algo que se asemejaba a una ligera llamada de atención hacia ella al entrar al comedor, saqué la conclusión de que debía de tratarse de una especie de gobernanta o algo así. Observé, eso sí, que cenó magníficamente; degustó la ternera y la empanada y acabó dando cuenta de un generoso vaso de clarete. Probablemente no había almorzado, pensé, o quizás el viaje le había abierto el apetito.

La cena concluyó, las señoras se retiraron y, tras el correspondiente oporto, el señor Kirkbeck y yo nos volvimos a reunir con ellas en la sala de estar. Para entonces la reunión se había ampliado. Fui presentado a varios hermanos y cuñadas que habían acudido desde sus respectivas residencias en el vecindario, y también a varios niños, acompañados de su institutriz, Miss Hardwick. Caí en la cuenta de que mis presunciones sobre la dama de negro estaban erradas. Tras ocupar el tiempo preciso en saludar a los niños y a las distintas personas que me habían sido presentadas, me encontré de nuevo departiendo con la misteriosa dama del tren. Nuestra conversación de la tarde se había ceñido principalmente a los retratos, y ella la retomó en cuanto tuvo oportunidad:

—¿Cree usted que podría pintar mi retrato? —inquirió.

—Sí. Creo que podría, si se me diese la oportunidad, naturalmente.

—De acuerdo, pues fíjese bien en mi cara. ¿Cree usted que podría recordar mis rasgos si se lo propusiera?

—Sí, estoy seguro de que nunca olvidaría sus facciones.

—Esperaba que dijese algo así. Pero ¿cree que podría retratarme de memoria?

—Bueno, si es necesario, lo intentaré, aunque ¿no cree que sería mejor que posara alguna vez para mí?

—No, eso es del todo imposible. No puede ser. Casi todos dicen que el grabado que le mostré antes de la cena guarda un gran parecido conmigo. ¿Está usted de acuerdo?

—Permítame disentir —respondí—. No tiene en absoluto su expresión. Si pudiese posar para mí, aunque solo fuese una vez, sería mejor que nada.

—No, no lo veo posible.

Para entonces la noche estaba ya bastante avanzada y se habían encendido las luces de los dormitorios. La dama de negro declaró que se encontraba muy cansada, estrechó mi mano sentidamente y me deseó buenas noches. El misterio que rodeaba a aquella mujer me dio bastante en qué pensar durante la noche. Nadie me la había presentado; no la vi hablar con nadie durante toda la velada, ni siquiera para dar las buenas noches cuando se marchó… Seguía sin explicarme cómo había logrado cruzar la región con tal rapidez. Además,

¿por qué diablos quería que la pintase de memoria? ¿No sería mejor que posase directamente para mí? En vista de lo difícil que resultaría resolver todas estas cuestiones, decidí posponer ulteriores consideraciones hasta la hora del desayuno, cuando suponía que el asunto se aclararía por sí solo.

Cuando bajé, a la mañana siguiente, encontré servido el desayuno, pero no hallé a la dama vestida de negro. Terminada la colación, marchamos juntos a la iglesia, luego volvimos para el almuerzo, y así transcurrió el día, pero seguía sin haber señales de la dama ni nadie hizo referencia alguna a ella. Entonces llegué a la conclusión de que debía de tratarse de alguna pariente y de que habría partido temprano para visitar a algún otro miembro de la familia de los muchos que vivían por allí cerca. Aun así, estaba bastante desconcertado por el hecho de que no se la mencionase en absoluto; no hallando la oportunidad de guiar mi conversación con los familiares hacia ese tema, me fui a dormir aquella segunda noche más confuso todavía que la primera. Al llegar el criado por la mañana, me aventuré a preguntarle por el nombre de la dama que había cenado con nosotros la noche del sábado. Su respuesta me dejó anonadado:

—¿Una dama, señor? No había ninguna dama, solo la señora Kirkbeck, señor.

—Sí, me refiero a la dama que estuvo sentada frente a mí. Iba vestida de negro.

—¿Tal vez se refiere a Miss Hardwick, nuestra ama de llaves, señor?

—No, no es Miss Hardwick; ella bajó más tarde.

—Pues yo no vi a ninguna otra dama, señor.

—¡Oh sí, caramba, la dama vestida de negro que se encontraba en la sala de estar cuando yo llegué antes de que el señor Kirkbeck volviese a casa!

El hombre me miró con cara de sorpresa, como si albergase serias dudas acerca de mi salud mental. Entonces se limitó a responder:

—Le aseguro que no he visto a ninguna dama como la que usted describe, señor.

Y dicho esto se retiró.

El misterio se presentaba ahora más impenetrable aún si cabe. Reflexioné sobre él desde todos los puntos de vista sin llegar a encontrar ninguna explicación. Tenía que coger mi tren hacia Londres, así que desayuné temprano y no tuve tiempo más que para hablar del asunto que me había llevado hasta allí; de ese modo, tras acordar que volvería a las tres semanas para pintar los retratos, me despedí y partí hacia la ciudad.

Solo me referiré a mi segunda visita a aquella casa para dejar sentado que tanto el señor como la señora Kirkbeck me aseguraron del modo más tajante que en la cena de aquel sábado en concreto no hubo un cuarto comensal. Su recuerdo al respecto era nítido, pues incluso habían considerado decirle a Miss Hardwick, el ama de llaves, que ocupase el asiento vacío, aunque finalmente no lo hicieron. Tampoco podían recordar a nadie con esa descripción entre su círculo de conocidos.

Pasaron algunas semanas. Faltaba poco para la Navidad. Era un típico día de invierno, y la luz comenzaba a declinar en mi habitación. Recuerdo que me encontraba sentado frente a mi mesa escribiendo algunas cartas para enviar en el correo de la tarde. Me hallaba situado de espaldas a los batientes de las puertas que daban a la salita en la que normalmente hacía esperar a mis clientes. Llevaba ya algún rato escribiendo cuando, sin saber muy bien por qué, pues nada vi ni escuché que me diera señal de ello, noté que una persona había traspasado el umbral y ahora estaba de pie observándome. Me volví y allí, junto a mí, estaba la misteriosa dama del tren. Supongo que algo en mi comportamiento debió de indicarle que me había sobresaltado, pues, tras los habituales saludos, la dama dijo:

—Perdóneme si le he molestado. Supongo que no me oyó usted entrar.

Su manera de conducirse, aunque más tranquila y suave de lo que yo recordaba, no podía calificarse de seria, ni mucho menos de triste. Había algún cambio en ella, sí, pero era como esos cambios inaprensibles que con frecuencia suelen observarse en la gente; como cuando la espontaneidad sincera de una joven inteligente se transforma en serenidad y autodominio cuando esta se ha prometido en matrimonio o acaba de dar a luz. Me preguntó si había hecho algún intento de retratarla. Me vi obligado a confesar que no era así. Lo sintió mucho, ya que quería el retrato para entregárselo a su padre. Traía consigo un grabado —un retrato de Lady M** A**—, pensando que me sería de ayuda. Era muy parecido a aquel sobre el que pidió mi opinión en la casa de Lincolnshire. Me insistió en que siempre le habían dicho que el parecido era asombroso, y que por eso quería dejármelo. Entonces, posando su mano firmemente sobre mi brazo, añadió:

—Le estaría realmente de lo más agradecida si lo pintase —y, si mi memoria no me traiciona, recuerdo que añadió—: *pues de ello dependen muchas cosas.*

Viendo su insistencia, tomé mi cuaderno de apuntes y, a la escasa luz que aún quedaba, comencé a ensayar con carboncillo un somero bosquejo de su perfil. De todos modos, al verme hacer esto, lejos de prestarme su ayuda en lo posible, se volvió simulando que miraba a los cuadros que había por la habitación, pasando ocasionalmente de uno a otro y permitiéndome así captar sus rasgos de modo fugaz. Apenas conseguí dibujar dos apresurados bosquejos, aun así bastante expresivos. En vista de que la débil luz no me permitía ya continuar, cerré mi cuaderno y ella se dispuso a marcharse. Aquella vez, en lugar del habitual «buenas noches», me dedicó un expresivo «adiós», al tiempo que sostenía mi mano con más fuerza que si la estuviese estrechando. La acompañé hasta la puerta y, al cruzarla, dio la impresión de que se fundía con la oscuridad exterior, aunque supongo que fue cosa de mi imaginación.

Enseguida pedí cuentas a la criada de por qué no me había sido anunciada la visita de la dama. Dijo no saber nada de ninguna visita y que, si alguien había entrado, debió de haberlo hecho aprovechando que ella había dejado la puerta abierta media hora antes, cuando tuvo que salir a un breve recado.

Pocos días después de que esto sucediese, tenía yo que acudir a una cita en una casa situada cerca de Bosworth Field, en Leicestershire. Salí de la ciudad un viernes. Una semana antes había enviado, en un tren de carga, algunos cuadros que resultaban demasiado grandes para que pudiera llevarlos yo mismo, con el fin de que estuviesen allí a mi llegada. De todas formas, al llegar a la casa me encontré con que nadie sabía nada de los mismos, y al preguntar en la estación, me informaron de que una caja como la que yo describía había pasado en el tren y había seguido de camino a Leicester. Al ser viernes y haber pasado ya la hora del correo, no había posibilidad ninguna de enviar un aviso a Leicester hasta el siguiente lunes por la mañana, pues la oficina de equipajes permanecía cerrada durante el domingo. En consecuencia, no podía contar con recuperar las pinturas antes del martes o del miércoles. La pérdida de tres días suponía un perjuicio considerable para mí, así que, con el fin de evitar males mayores, le sugerí a mi anfitrión que partiría de inmediato para resolver algunos asuntos en South Staffordshire, pues me veía obligado a atenderlos antes de regresar a la ciudad, aprovechando así el intervalo que se me presentaba y ahorrándome algo de tiempo al concluir mi visita en su casa. Este arreglo contó con su aprobación, así que salí a toda prisa hacia la estación de Atherstone en el ferrocarril de Trent Valley. Por las referencias que figuraban en el *Bradshaw*, vi que mi ruta se extendía a través de Litchfield, en donde debía hacer trasbordo hacia S**, en Staffordshire. Llegué justo a tiempo de tomar el tren que me dejaría en Litchfield a las ocho de la noche. Según anunciaba la guía, había un tren que salía desde allí hacia S** a las ocho y diez (deduje que como enlace con aquella línea en la que yo estaba a punto de viajar). Por lo tanto, no había motivos que me hiciesen dudar de que aquella misma noche podría completar mi trayecto. Sin embargo, al llegar a Litchfield mis planes se frustraron completamente. El tren llegó puntual y yo salí con la intención de esperar en el andén la llegada de los vagones del otro servicio. Me di cuenta entonces de que, aunque ambas líneas pasaban por Litchfield, la estación donde paraba el ferrocarril de Trent Valley, en el que yo había llegado, estaba justamente en el lado opuesto de la ciudad en donde se encontraba el apeadero de la línea de South Staffordshire. También descubrí que ya no había tiempo de llegar a la otra estación para coger el tren aquella misma noche; de hecho, aquel tren acababa de pasar justamente bajo mis pies por una vía inferior, y llegar hasta la otra punta de la ciudad, donde solo se detendría dos minutos, quedaba totalmente descartado. No tuve más remedio, pues, que buscar alojamiento para aquella noche en el Swan Hotel. Me disgusta especialmente tener que pasar, siquiera una velada, en un hotel de provincias. En esos lugares es imposible cenar de modo pasable; prefiero prescindir de la comida que tener que cenar algo que no me apetece. Nunca tienen un mísero libro para entretenerse mientras se cena, y los periódicos locales carecen de interés para mí. Ya me había leído el *Times* de cabo a rabo durante el trayecto del tren que me había llevado allí. Además, no suelo congeniar con el tipo de gente que uno encuentra en estos lugares, que no suelo frecuentar. Bajo tales circunstancias, generalmente me limito a tomar un té a fin de que el tiempo pase lo más rápido posible, y luego a atender la correspondencia atrasada.

He de añadir que nunca antes había estado en Litchfield. Mientras esperaba a que me subieran el té, caí en la cuenta de que en dos ocasiones durante los últimos seis meses había estado a punto de ir a parar a aquel mismo lugar: una vez porque tenía que realizar un pequeño encargo para un viejo conocido que vivía allí, y la otra para comprar los materiales de un cuadro que me había propuesto pintar sobre un incidente de la infancia del doctor Johnson. En ambas ocasiones habría terminado en aquella ciudad si otros asuntos no me hubiesen desviado de mi propósito y me hubieran hecho posponer el viaje de manera indefinida. Aun así, no pude evitar que me rondara la cabeza un extraño pensamiento: «¡Qué raro!», me dije. «Aquí me encuentro, en Litchfield, sin habérmelo propuesto, cuando por dos veces he desaprovechado la ocasión.» Cuando terminé el té se me ocurrió que podría escribirle una nota a un viejo amigo que vivía en Cathedral Close, una calle de aquella misma ciudad, y pedirle que acudiese a mi hotel para compartir con él una o dos horas. Así que llamé a la camarera y le pregunté si conocía a un tal Mr Lute, que vivía cerca de allí.

—Sí, señor.

—¿En Cathedral Close?

—En efecto, señor.

—¿Podría hacerle llegar una nota?

—Por supuesto, señor.

Le escribí una nota diciéndole a mi amigo que me encontraba en la ciudad y que me preguntaba si podría reunirse conmigo para charlar sobre los viejos tiempos. La nota le fue llevada y, transcurridos unos veinte minutos, entró por la puerta de mi habitación un caballero de bastante buen ver, de una edad entre madura y avanzada, sosteniendo mi carta en la mano. Nada más presentarse me dijo que, al parecer, yo le había enviado una carta, y que suponía que había sido por equivocación, puesto que mi nombre le era totalmente desconocido. Comprobé al momento que no se trataba de la persona a quien yo pretendía escribir, así que me disculpé y le pregunté si es que había otro Mr Lute que viviese en Litchfield.

—No, no hay ningún otro —me respondió.

Desde luego, yo recordaba que mi amigo me había dado la dirección correcta, pues le había escrito allí varias veces. Era un apuesto joven que había heredado una hacienda tras la muerte de su tío durante una montería en Quorn. El joven del que hablo se había desposado, haría como dos años, con una dama cuyo apellido de soltera era Fairbairn.

El desconocido, con mucha calma, respondió:

—Se refiere usted, sin duda, a Mr Clyne. Vivía en Cathedral Close, lo recuerdo. Pero hace un tiempo ya que se mudó.

Aquel hombre estaba en lo cierto y, con sorpresa, exclamé:

—¡Oh, vaya! ¡Ahora caigo! Ese era el nombre, efectivamente, pero ¿qué es lo que me habrá hecho pensar en usted? Le ruego que me disculpe; escribirle adivinando su nombre inconscientemente es una de las cosas más inexplicables que jamás he hecho. Perdone la confusión…

Muy tranquilamente, continuó:

—No es necesario que se disculpe. Aunque puede que esta haya sido una feliz casualidad; precisamente llevaba tiempo pensando en llamarle a usted para que nos entrevistáramos. Porque usted es el famoso pintor, ¿no es cierto? El hecho es que estaría muy interesado en que pintase el retrato de mi hija. —Y tras hacer una pausa, continuó—: ¿Sería mucho inconveniente para usted si le pido que me acompañe a mi casa?

Me encontraba en extremo sorprendido por la forma en que había conocido a aquel caballero y por el cariz tan inesperado que habían tomado los acontecimientos. Por el momento no me hallaba en disposición de aceptar su encargo y le expuse mi situación, aclarándole que solo contaba con un par de días para hacer el trabajo. Aun así, él insistió con tanto empeño que prometí hacer lo que me fuera posible en aquellos dos días. Tras recoger mi equipaje, le acompañé a su casa. Apenas si cruzamos palabra durante el camino, aunque su talante taciturno parecía tan solo una prolongación de su tranquila compostura en la posada. A nuestra llegada me presentó a su hija Maria y entonces nos dejó solos. Maria Lute era una muchacha rubia de unos quince años. Pensé que era una chica muy guapa, vaya si lo era. Sus modales eran más maduros de lo que su edad daba a entender; evidenciaban una compostura y (en el mejor sentido de la palabra) una feminidad que solo se da a esas edades entre aquellas chicas que han quedado huérfanas de madre o que, por otros motivos, no han tenido más remedio que valerse por sí mismas.

Evidentemente, no había sido informada del motivo de mi visita y solo sabía que había ido allí a pasar una noche, por lo cual se excusó para ausentarse unos instantes y así dar órdenes a la servidumbre para que me preparasen una habitación. Cuando regresó me dijo que ya no volvería a ver a su padre hasta la mañana siguiente, pues su estado de salud le obligaba a retirarse al anochecer; sin embargo, esperaba que pudiera volver a verlo al día siguiente. Mientras tanto, me instaba a considerarme como en mi propia casa y a no dudar en pedir cualquier cosa que necesitara. Ella se sentaría en la sala de estar, aunque tal vez yo quisiera fumar o tomar algo, en cuyo caso había un fuego encendido en los aposentos del ama de llaves, y ella misma me haría compañía, pues esperaba la visita del médico que había de llegar de un momento a otro, y este probablemente se quedaría a tomar algo y a fumar durante un rato. Accedí al momento, ya que la jovencita parecía recomendar esa opción. No fumé ni tomé nada, sin embargo; me limité a sentarme frente a la chimenea, y ella se reunió conmigo poco después. Pronto se reveló como una excelente conversadora, con un dominio del lenguaje inusual en una persona tan joven. Sin mostrarse en absoluto inquisitiva, y sin evidenciar que su intención fuera sacarme información de ningún tipo, me expresó su deseo de saber qué asunto era el que me había llevado a la casa. Le conté que su padre quería que yo pintase su retrato, o el de su hermana, en el caso de que tuviera alguna.

Permaneció silenciosa y pensativa un instante, y entonces pareció comprenderlo todo. Me contó que su única hermana, a quien su padre se hallaba estrechamente unido, había fallecido casi cuatro meses atrás; que su padre aún no se había recuperado del profundo trauma de su muerte. Con frecuencia él había expresado su ferviente deseo de tener un retrato de ella; de hecho, era lo único en lo que pensaba últimamente. Ella tenía la esperanza de que, haciendo algo al respecto, su salud mejoraría notablemente. Al decir aquello titubeó, empezó a tartamudear y finalmente rompió a llorar. Después de una pausa continuó:

—No tiene lógica ocultarle a usted lo que muy pronto acabará por saber. Papá está algo trastornado, supongo que se habrá dado cuenta... De hecho, ha estado así desde que enterraron a la pobre Caroline. Siempre dice que está viendo a nuestra querida Caroline; se halla, sin duda, bajo el influjo de terribles delirios. El doctor dice no saber cuánto más puede empeorar, y nos ha recomendado que mantengamos fuera de su alcance las hojas afiladas, los cuchillos y todo cuanto pudiera ser utilizado para infligirse daño a sí mismo. Comprenda que no podíamos permitir que volviese a verle usted esta noche; a partir de determinada hora, simplemente es incapaz de hablar con lucidez, y temo que lo mismo le suceda mañana. Tal vez pueda usted quedarse hasta el domingo. Yo podría ayudarle en su propósito.

Pregunté si contaban con algún material a partir del que hacer el retrato —una fotografía, algún bosquejo, cualquier otra cosa que ayudase. No tenían nada.

—¿Sería capaz de describirme claramente a su hermana?

Me dijo que creía que sí, y además en algún sitio tenían un grabado de una mujer que guardaba un gran parecido con su hermana. Sin embargo, desgraciadamente, lo habían extraviado. Subrayé que, ante tales desventajas y ausencia de materiales, no podía vaticinar un resultado satisfactorio. Ya antes había hecho retratos bajo circunstancias parecidas, si bien su éxito había dependido en gran medida de las capacidades descriptivas de las personas que tenían que ayudarme por medio de sus recuerdos. Había obtenido algunos éxitos, cierto era, pero es bien sabido que la mayoría de las veces esos intentos concluyen en fracaso.

El médico debió de venir, pero yo no le vi. Supe, sin embargo, que había ordenado que se velase al paciente hasta que él volviera al día siguiente. Haciéndome cargo de la situación y de las muchas obligaciones a las que la joven dama tenía que atender, me retiré a dormir temprano. Por la mañana oí que su padre se encontraba bastante mejor; había preguntado insistentemente al despertar si yo aún me encontraba bajo su mismo techo y, durante el desayuno, me envió recado de que esperaba que nada me impidiese realizar el retrato sin más tardanza, para lo cual tal vez se hallaría en disposición de verme a lo largo del día.

Nada más desayunar me puse enseguida a la tarea, guiándome por las descripciones que me daba la hermana. Lo intenté una y otra vez, aunque sin éxito. Incluso, secretamente, empecé a perder toda perspectiva de alcanzarlo. Ante mis intentos, se me dijo que los rasgos, considerados por separado, se asemejaban, pero la expresión en conjunto estaba bastante alejada de la realidad. Durante buena parte del día seguí esforzándome sin que los resultados mejorasen. Los diferentes retoques que hice recibieron la misma respuesta: no lograba captar la esencia del retrato que perseguíamos. Me empleé a fondo y, de hecho, me sentía bastante fatigado, circunstancia esta que la joven percibió, al tiempo que me expresaba sus más cálidos agradecimientos por el interés que me estaba tomando en la materia. En un momento dado, sus explicaciones se tiñeron de un vago sentimiento de irritación. En algún sitio tenía un grabado —se trataba del retrato de una dama, de hecho— que se le parecía mucho a su hermana, pero no lograba encontrarlo. No haría ni tres semanas que había desaparecido como por ensalmo del libro en el que se encontraba. Alguien lo había arrancado. El asunto era de lo más decepcionante, pues estaba convencida de que aquel retrato me habría sido de gran utilidad. Le pregunté si podía decirme quién era la dama del retrato, por si yo la conocía, y al punto me respondió que se trataba de Lady M** A**.

Aquel nombre me recordó de modo inmediato la escena con la dama del tren. Ese debió de ser el mismo grabado que ella me enseñó, me dije. Tenía el cuaderno de apuntes arriba, en mi portafolios y, por una afortunada casualidad, en su interior se hallaba el grabado en cuestión junto con los dos bocetos a lápiz. Inmediatamente bajé con ellos y se los mostré a la joven Maria Lute. Los observó por un momento y, volviendo la vista hacia mí, dijo lentamente, algo asustada:

—¿De dónde los ha sacado? —y añadió, sin esperar a mi respuesta—: Déjeme enseñárselos a papá.

Se ausentó unos diez minutos y regresó acompañada de su padre. Él no se entretuvo en saludos formales. Adoptó un tono y unas formas que yo no le había observado con anterioridad.

—Yo tenía razón todo el tiempo. ¡Es a usted a quien vi en su compañía, y estos apuntes solo pueden ser de ella! Valen para mí más que todas mis posesiones, salvo esta querida chiquilla.

La hija también aseguraba que el grabado que yo había llevado a la casa tenía que ser el que faltaba del libro desde hacía tres semanas, en prueba de lo cual me señaló las marcas de cola que tenía por detrás y que se correspondían exactamente con las marcas que habían quedado en la hoja en blanco del libro. Desde el momento en que el padre vio aquellos apuntes recobró su salud mental.

No se me permitió retocar ninguno de los dos dibujos a lápiz del cuaderno, temiendo que pudiesen estropearse, pero enseguida comencé un cuadro al óleo, con el padre sentado junto a mí, hora tras hora, dirigiendo mis pinceladas, conversando racional y hasta alegremente mientras lo hacía. Evitó las alusiones directas a sus visiones, aunque de vez en cuando trató de llevar la conversación a las circunstancias en que yo había tomado aquellos apuntes. El doctor se presentó aquella misma tarde y, tras elogiar el tratamiento que él mismo había aplicado, diagnosticó la notable mejoría del paciente, definitiva en su opinión.

Al día siguiente era domingo y fuimos todos a la iglesia. El padre lo hacía por vez primera desde que comenzara su duelo. Tras el almuerzo me invitó a que diéramos un paseo. Entonces volvió a sacar el tema de los bocetos y, tras dudar unos instantes de si debía confiar en mí, me dijo:

—El que usted me escribiese personalmente desde la posada de Litchfield fue uno de esos hechos inexplicables que supongo imposibles de clarificar. De cualquier modo, yo ya le conocía; puedo decir que ya le había visto. Cuando los que estaban a mi alrededor dudaban de mi lucidez y consideraban cuanto decía una sarta de incoherencias, solo era porque yo veía cosas que ellos no podían ver. Desde que ella murió, yo sé, con una certeza inamovible, que en diferentes situaciones me he encontrado ante la presencia visible de mi querida hija fallecida... Algo que ocurrió más a menudo, incluso, justo en los días que siguieron a su muerte. De las numerosas veces que esto ha sucedido, recuerdo con claridad una en la que la vi sentada en un vagón de tren. Hablaba con la persona que tenía enfrente. Quién era aquella persona es algo que no puedo asegurar, pues yo parecía estar situado inmediatamente detrás de ella, tras su cabeza. Después la vi cenando en una mesa junto con otras personas entre las que, incuestionablemente, se hallaba usted. Más tarde supe que en aquel momento los doctores y mi familia consideraron que sufría uno de mis más prolongados y violentos paroxismos, pues seguía viéndola mientras hablaba con usted durante horas, en medio de una gran reunión de gente.

»Y de nuevo volví a verla, al lado suyo, mientras usted se encontraba ocupado con unos cuadernos, puede que escribiendo, o quizás dibujando. Una vez más la volví a ver, pero en lo que a usted toca, la siguiente vez que le reconocí fue ya en el salón de la posada.

Todo el día siguiente lo dediqué a completar el rostro de la difunta. Después me llevé conmigo el cuadro a Londres para terminarlo.

Me he encontrado con Mr Lute varias veces desde entonces; su salud, pasados los años, se ha restablecido completamente, y su conversación y sus modales son tan joviales como cabe esperarse de alguien que ha pasado por una grave pérdida, pero que ha conseguido dejarla atrás.

El cuadro ahora cuelga en su dormitorio, flanqueado por el grabado y los dos bocetos. Bajo él se halla escrito: «C. L., 13 de septiembre».

EL CAPITÁN ASESINO Y EL PACTO CON EL DIABLO

No existen muchos lugares que me guste tanto volver a visitar, cuando estoy ocioso, como aquellos en los que nunca he estado. Debido a que mi conocimiento de tales parajes se ha hecho esperar tanto tiempo, y ha madurado hacia una intimidad de naturaleza tan afectuosa, me tomo un interés particular en asegurarme personalmente de que permanecen inmutables en mi memoria.

Nunca estuve en la isla de Robinson Crusoe y, sin embargo, regreso allí con frecuencia. La colonia que él fundó se disolvió enseguida, y ya no vive allí ninguno de los descendientes de los serios y caballerosos españoles, ni Will Atkins y el resto de amotinados, y la isla ha vuelto a su condición original. No queda ni una sola ramita de las que se utilizaron para fabricar sus chozas, y las cabras hace tiempo que se han asilvestrado; si alguien disparase allí una pistola, una nube de loros de colores llameantes oscurecería el sol entre alaridos; ninguna cara se refleja ya en las aguas del arroyuelo a través del que

Viernes huyó nadando cuando era perseguido por sus dos hermanos caníbales de estómagos afilados. Después de haber comparado notas con otros viajeros que también han vuelto a visitar la isla y la han inspeccionado a conciencia, me he convencido de que no contiene vestigios ni domésticos ni teológicos de Mr Atkins, aunque aún hay que rastrear el legado que este dejó en la memorable tarde en que arribó allí para desembarcar a su capitán, cuando se vio confundido por los señuelos y dio vueltas y más vueltas hasta que oscureció y su barco encalló y le empezaron a flaquear las fuerzas y el espíritu. Lo mismo sucede con la cumbre de la colina en la que Robinson quedó mudo de alegría cuando el reinstaurado capitán señaló al barco que había de sacarle de allí, navegando a media milla de la costa, en el vigésimo noveno año de su reclusión en aquel solitario lugar. E igual pasa con la arenosa playa en la que quedaron grabadas sus memorables huellas y hasta la cual los salvajes arrastraban sus canoas cuando se aproximaban a la orilla para celebrar sus macabros festines, tras los cuales ensayaban una danza más salvaje aún que la propia jerigonza que salía de sus enormes bocas. También ocurre así con la cueva donde los ojos llameantes de la vieja cabra hacían pensar en una fantasmagórica aparición en la oscuridad. Y también con la cabaña donde Robinson vivía con su perro, su loro y su gato, y donde se enfrentó a aquellas primeras agonías de la soledad, que —curioso— no trajeron consigo apariciones espectrales precisamente; ¿una circunstancia sorprendente que tal vez él excluyó de su bitácora? Cientos de tales objetos, ocultos entre el denso follaje tropical, donde el cálido mar de los trópicos rompe eternamente, y por encima de ellos el cielo tropical que, salvo en el transcurso de la breve estación lluviosa, brilla límpido y despejado de nubes.

Jamás he estado en el brete de verme rodeado por manadas de lobos en la frontera entre Francia y España; jamás —con la noche oscura a punto de cernirse sobre nuestras cabezas, y todo el suelo cubierto de nieve— he mandado detenerse a mi pequeña compañía y parapetarse tras un puñado de árboles caídos que nos sirviesen de refugio para desde allí disparar a bulto todo un cargamento de pólvora, con tanta destreza que de pronto logramos acertar a tres, cuatro lobos, los cuales, incendiados en llamas, iluminan durante unos instantes todo el oscuro bosque a nuestro alrededor.

Sin embargo, a veces regreso a esa lúgubre región y vuelvo a temblar ante el solo hecho de oler la chamusquina a carne asada de los lobos ardiendo, y contemplo cómo se incendian, tropezando los unos con los otros, y cómo ruedan por la nieve intentando en vano sofocar las llamas, y cómo sus aullidos son transportados por el eco hacia los bosques donde se ocultan los demás lobos.

Nunca he estado en la cueva de los bandidos en la que vivió Gil Blas, pero a menudo regreso allí y abro la trampilla —tan pesada de levantar— mientras observo a ese viejo y lisiado Negro lanzando eternas maldiciones mientras se tumba en su cama. Ni siquiera he visitado el estudio en el que don Quijote leía sus libros de caballerías hasta que, enloquecido, salía y se lanzaba en su rocín contra los gigantes imaginarios, para después refrescarse el gaznate con grandes tragos de agua; en aquella biblioteca nadie podría mover un solo libro de su sitio sin mi conocimiento ni mi consentimiento. Jamás disfruté —¡gracias a Dios!— de la compañía de esa ancianita que salió renqueante de un arcón y le dijo al comerciante Abudah que partiese en busca del Talismán de Oromanes; aunque yo mismo me las arreglé para saber que la mentada señora se encuentra todavía en buen estado de conservación y sigue tan insoportable como siempre. Nunca visité la escuela en la que el niño Horatio Nelson se escapó de la cama para robar las peras —no porque a él le apeteciesen, sino porque ningún otro niño se atrevía a hacerlo— y, sin embargo, he ido varias veces a su Academia para verle descolgarse con una sábana por la ventana de su habitación. Igual ocurre con Damasco, y con Bagdad, y con Brobdingnag —un lugar a menudo condenado a comprobar cómo su nombre se escribe de modo incorrecto—, y con Lilliput, y con Laputa, y con el Nilo, y con Abisinia, y con el Ganges, y con el Polo Norte y con muchos otros cientos de lugares... en los que nunca estuve, aunque mi obligación sea mantenerlos intactos, y a los que siempre estoy volviendo.

Sin embargo, recuerdo una vez que estuve en Dullborough visitando a mis amigos de la infancia. Mi experiencia en ese terreno se reveló inútil, y me vi incapaz de recordar la cantidad de personas a las que resultó que había sido presentado por mi niñera antes de cumplir los seis años, y los lugares a los que solían obligarme a volver, sin apetecerme, por la noche —hay que decir que todos ellos, personas y lugares, eran totalmente desquiciantes, pero no por ello menos reales, para mi alarma—. Si todos pudiésemos controlar nuestras mentes —en un sentido más amplio del que concede el acervo popular a esta frase—, sospecho que hallaríamos a nuestras niñeras responsables de la mayor parte de los rincones oscuros a los que nos vemos forzados a volver contra nuestra voluntad.

El primer personaje diabólico que irrumpió en mi pacífica juventud —como tuve oportunidad de recordar aquel día en Dullborough— era alguien al que llegué a conocer como el Capitán Asesino. Aquel desdichado debió de haber sido un vástago del clan Barba Azul como poco, aunque por aquel entonces yo no sospechase un parentesco tal. Su alarmante nombre no parecía, al menos hasta entonces, haber generado prejuicios en su contra, puesto que formaba parte de la alta sociedad y poseía enormes riquezas. La aspiración del Capitán Asesino era el matrimonio: eso le permitía saciar su apetito caníbal por las novias tiernas. Cada vez que se prometía con una nueva víctima, el día de la boda, por la mañana temprano, solía hacer plantar a ambos lados del pequeño sendero de entrada a la iglesia unas curiosas flores, y cuando la novia le preguntaba: «Querido Capitán Asesino, nunca había visto flores como estas, ¿cómo se llaman?», él respondía: «Se llaman Guarnición para Cordero», y se reía de una manera horrible de su chiste atroz, mostrando su afilada dentadura e inquietando las mentes de los nobles acompañantes de la novia. Solía cortejarlas en un coche de seis caballos, que cambiaba, en el día de la boda, por un coche tirado por doce corceles de un blanco inmaculado, todos los cuales tenían una mancha roja en el lomo que él mandaba cubrir con los arneses, ya que la mancha *aparecía* en el mismo lugar cada vez, a pesar de que todos los caballos eran perfectamente blancos cuando el Capitán Asesino los compraba. La mancha la causaba la sangre de las jóvenes novias asesinadas. (A este pasaje tan terrible debo mi primera experiencia personal de estremecimiento y sudor frío recorriéndome la frente.) Cuando finalizaban la ceremonia y el convite, después de haber despedido a sus nobles invitados, el Capitán Asesino se retiraba un mes a solas con su novia. Tenía la costumbre caprichosa de mandar fabricar un rodillo de oro y una tabla de amasar de plata. Previamente, durante el noviazgo, se interesaba vivamente por saber si la dama en cuestión era capaz de cocinar una empanada crujiente. Y en el caso de que, bien por su naturaleza, bien por su educación, no supiera cocinarla, si convenía en ser adiestrada en tal oficio. Bien. Cuando la novia veía que el Capitán Asesino había mandado fabricar el rodillo de oro y la tabla de amasar de plata, recordaba lo que sabía y, arremangándose los encajes de seda, se encerraba en la cocina, dispuesta a preparar la empanada que a su marido tanto le gustaba. El Capitán traía entonces una enorme bandeja de plata y también harina, mantequilla, huevos y todas las cosas necesarias, salvo el relleno de la empanada; aquellos ingredientes que iban dentro del hojaldre nunca los sacaba. Entonces, la encantadora novia preguntaba: «Querido Capitán Asesino, ¿de qué va a estar rellena la empanada?». «De carne», respondía él. Y la adorable muchachita decía: «Pero querido Capitán Asesino, no veo la carne por ningún lado». El Capitán replicaba con buen humor: «Mira en el espejo». Ella miraba, pero allí no veía ninguna carne, y en ese momento, el Capitán, con grandes carcajadas, desenfundaba amenazante su sable y le ordenaba extender la masa. Así que ella extendía el hojaldre derramando grandes lágrimas, y cuando había rellenado el molde con la masa y había cortado la parte que serviría de cobertura, el Capitán decía: «¡Veo un montón de carne en el espejo!». Y la novia miraba hacia el espejo justo a tiempo de ver cómo el Capitán le cercenaba la cabeza; luego la despedazaba en cachitos, le añadía sal y pimienta y la usaba como relleno de la empanada. Luego la mandaba al panadero para que la cociese en su horno y se la comía entera hasta no dejar más que los huesos.

Y así continuaba el Capitán Asesino, prosperando muchísimo, hasta que eligió como novia a una muchacha que tenía una hermana melliza. Al principio no sabía a cuál de las dos elegir para sus fines, ya que, aunque la una era rubia y la otra morena, ambas eran igualmente bellas. Sin embargo, eligió a la melliza rubia, que se enamoró de él, puesto que la hermana morena le detestaba vivamente y sin duda habría impedido el matrimonio por todos los medios a su alcance. En cualquier caso, una noche antes de la boda, acrecentadas sus sospechas hacia el Capitán Asesino, la hermana morena salió sigilosamente y trepó por el muro de su jardín. Allí miró por una rendija en la persiana de su dormitorio y hete aquí que vio al Capitán afilándose los dientes con una lima. Al día siguiente, procuró prestar atención a todo lo que se decía, y escuchó al Capitán hacer la broma de la guarnición para el cordero. Un mes después, como ocurrió con todas las demás novias anteriores, el Capitán mandó extender la masa, decapitó a la melliza rubia, la hizo cachitos, la salpimentó, se la mandó al panadero para hornearla y se la comió hasta no dejar más que los huesos.

La melliza morena estaba cada vez más suspicaz, sobre todo después de haber visto al Capitán afilándose los dientes y haciendo la chanza del cordero. Cuando se hizo pública la muerte de su hermana, logró juntar todas las piezas del rompecabezas. Así, llegó a la conclusión de que su hermana había muerto asesinada y decidió tomarse venganza. De modo que fue hasta la casa del Capitán, golpeó la aldaba, hizo sonar el timbre, y cuando el Capitán abrió la puerta le espetó: «Querido Capitán Asesino, cásese conmigo sin tardanza. Siempre le he amado; si me he portado así con usted, era porque estaba celosa de mi hermana». El Capitán lo tomó por un cumplido, y así el matrimonio quedó acordado. La noche antes de la boda, la melliza volvió a encaramarse hasta su ventana y de nuevo vio al Capitán afilándose los dientes. Ante tal visión, lanzó una risa tan terrible por la rendija de la persiana que al Capitán se le heló la sangre. Entonces él, sabiéndose observado, exclamó: «¡Espero que no se haya producido ninguna contrariedad!». Al oírlo, ella se rio con una carcajada aún más terrorífica y él abrió la ventana buscando alrededor, pero ella había bajado ágilmente del muro y allí no había nadie. A la mañana siguiente ambos fueron a la iglesia en el carruaje de doce caballos y contrajeron matrimonio. Justo un mes después ella preparó la masa y el Capitán Asesino le cortó la cabeza, la trituró en pedazos, la aderezó, la envió al obrador y se la comió enterita hasta no dejar más que los huesos.

Sin embargo, antes de extender la masa, ella había ingerido un veneno con propiedades letales, destilado a base de ojos de sapo y médulas de serpiente. El Capitán Asesino había terminado de roer el último de los huesos cuando comenzó a notarse hinchado y a ponerse azul y a llenarse de manchas y a chillar. Y así siguió, hinchándose cada vez más y poniéndose más y más azul y cada vez con más manchas y dando cada vez mayores gritos, hasta que ya alcanzaba desde el suelo hasta el techo y abultaba de una pared a otra, y entonces, sería la una de la madrugada, estalló con una sonora explosión. Los blancos e impolutos caballos, asustados por el estallido, rompieron sus bridas, enloquecieron y arrollaron a todos cuantos se les cruzaron por delante (empezando por la familia del herrero que hacía las limas para afilar sus dientes) hasta matarlos a todos para después huir a galope tendido.

Escuché esta leyenda cientos de veces durante mi tierna juventud, y en cada ocasión que lo hice me sentí tentado a levantarme de la cama, mirar a hurtadillas por la ventana del Capitán, como lo hiciera la melliza morena, volver a su casa fatídica y contemplarle agonizando, azul y lleno de manchas y dando gritos mientras se hinchaba hasta llenar toda la habitación.

La joven que me dio a conocer la historia del Capitán Asesino parecía sentir un disfrute perverso observando cómo me invadía el terror. Recuerdo que solía comenzar su relato con un rasgueo de garras en el aire con ambas manos, a modo de obertura introductoria, tras lo cual profería un prolongado y espeluznante alarido. Tal era la angustia que me causaba con aquella ceremonia, que ella combinaba con la historia del terrible Capitán, que en ocasiones me sorprendía ansiando ser lo bastante fuerte y lo bastante mayor como para volver a escuchar la historia de nuevo. Ella jamás me ahorró ni una coma del relato y, es más, me conminaba a beber de aquel terrible cáliz como la única protección conocida por la ciencia contra el fatídico «Gato Negro», un extraño felino de mirada feroz y aspecto sobrenatural, de quien se creía que merodeaba por el mundo de noche, dejando a los niños sin respiración, y que tenía (según se me dio a entender) un ansia especial por mi persona.

Aquella narradora —espero que mi deuda con ella en asuntos de pesadillas y sudores se haya visto reparada— reaparece en mi memoria transmutada en la hija de un carpintero de barcos. Su nombre era Piedad, aunque conmigo no tuvo ni la más mínima. He de decir que hay un cierto sabor de astillero en la siguiente historia que voy a contar. Siempre la he asociado a las pastillas de clorato de mercurio, pues me era narrada en las tristes noches en que me hallaba decaído por los efectos de esa medicina.

Existió una vez un carpintero de barcos cuyo nombre era Chips. Trabajaba en un astillero público. El nombre de su padre era Chips y el nombre del padre de este era también Chips; todos en la familia se llamaban Chips. Chips el padre se había vendido al Diablo por una tetera de hierro, un puñado de clavos de a diez peniques, media tonelada de cobre y una rata que podía hablar; y Chips el abuelo se había vendido al Diablo por una tetera de hierro, un puñado de clavos de a diez peniques, media tonelada de cobre y una rata que podía hablar, y Chips el bisabuelo se había vendido asimismo bajo los mismos términos y condiciones. Así que el susodicho pacto diabólico se había venido celebrando en la familia desde hacía mucho, mucho tiempo. Un día, cuando el joven Chips estaba trabajando dentro de la oscura bodega de un viejo barco del setenta y cuatro, previamente izado para su reparación, se le presentó el Diablo en persona y le dijo:

¡La limonada es para el estío,
el astillero para el navío,
y algún día Chips será mío!

(No sé por qué, pero el hecho de que el Diablo se expresara en lenguaje rimado me resultaba algo particularmente agobiante.)

Chips alzó la vista al oír esas palabras y allí, delante de él, vio al Diablo en persona, con ojos como platos que bizqueaban de forma exagerada y que lanzaban continuos destellos de fuego azul. Cuando parpadeaba, los chorros de chispas azules le salían de los ojos, y las pestañas hacían un estrépito como de pedernal y metales friccionándose. Colgando de uno de sus brazos llevaba la tetera de hierro, bajo su otro brazo había media tonelada de cobre, y sentada sobre uno de sus hombros portaba una rata que podía hablar. Así que el Diablo dijo otra vez:

¡La limonada es para el estío,
el astillero para el navío,
y algún día Chips será mío!

(El invariable efecto de esta alarmante tautología por parte del Espíritu del Mal solía privarme de mis sentidos por un rato.)

Chips no dijo ni una palabra y continuó su tarea.

—¿Qué es lo que haces, Chips? —preguntó la rata que podía hablar.

—Estoy colocando unas planchas nuevas ahí donde tú y tus compañeras habéis roído las que había —dijo Chips.

—Volveremos a comérnoslas —añadió la rata que podía hablar—, y dejaremos que entre el agua y ahogaremos a toda la tripulación, y nos la comeremos también.

Siendo Chips solo un carpintero y no un marinero de un buque de guerra, respondió:

—Adelante con ello.

Sin embargo, no podía apartar la vista de la media tonelada de cobre y del puñado de clavos de a diez peniques, puesto que los clavos y el cobre son los compañeros inseparables de un carpintero de barcos, y todos los del oficio están deseando hacerse con ellos siempre que pueden. El Diablo, dándose cuenta, le dijo:

—Ya veo lo que estás mirando, Chips. Deberías aceptar el pacto. Conoces las condiciones. Tu padre antes que tú, así como tu abuelo y tu bisabuelo antes que él, estaban bien familiarizados con ellas.

Chips replicó:

—Aceptaría el cobre y los clavos, y no me importaría quedarme con la tetera, pero la rata... La rata no me gusta.

El Diablo, enojado, exclamó:

—¡No puedes quedarte el metal si no aceptas también la rata...! Y además, es una *rareza*. En fin, ahí te quedas.

Chips, temiendo perder el puñado de clavos y la media tonelada de cobre, gritó:

—¡Dámelos, dámelos!

Así que al final se quedó el cobre y los clavos y la tetera y la rata, y el Diablo se fue tal como vino. Chips vendió entonces el cobre y los clavos, y habría vendido la tetera si no hubiera sido porque cada vez que se la ofrecía a alguien, la rata se metía dentro y los comerciantes la soltaban presa de una gran histeria y no querían saber nada del trato. En vista de ello, Chips resolvió matar a la rata.

Un día estaba trabajando en el astillero junto a un gran hervidor lleno de brea ardiente. A su lado tenía la tetera con la rata; entonces trasvasó la brea hirviendo a la tetera y la llenó hasta el borde. Procuró no quitarle ojo hasta que se enfrió y se solidificó; dejó que reposase durante veinte días y después volvió a calentar la brea y la vertió en el hervidor, tras lo cual sumergió la tetera en agua durante otros veinte días más y a continuación se la dio a los de la fundición para que la metiesen en el horno otros veinte días, al cabo de los cuales se la devolvieron al rojo vivo, que más bien parecía cristal fundido en vez de hierro... Pero comprobó, desolado, que la rata seguía allí, igual que al principio. La rata miró a Chips y le espetó, con voz burlona:

¡La limonada es para el estío,
el astillero para el navío,
y algún día Chips será mío!

(Había estado esperando, con terror indescriptible, a que alguien volviese a contar el dichoso chascarrillo.)

En ese momento Chips tuvo la certeza de que no podría separase jamás de la rata, y esta, como si le hubiera leído el pensamiento, dijo:

—Me pegaré a ti... ¡como la brea!

Al decir esto, la rata dio un salto fuera de la tetera y Chips albergó la esperanza de que el bicho no cumpliese su palabra, pero algo terrible sucedió al día siguiente. Cuando llegó la hora de la cena y sonó la campana del muelle que anunciaba el final de la jornada, Chips se metió la regla en el bolsillo lateral de sus pantalones. Y dentro se encontró a la rata; si bien no era la misma rata del principio, sino otra rata. Al irse a poner su sombrero encontró otra dentro, y otra en el pañuelo de su bolsillo, y dio con otras dos más en las mangas de su abrigo cuando se lo puso para salir a cenar. Desde entonces se acostumbró a que todas las ratas del astillero le treparan por las piernas mientras trabajaba y se sentaran sobre sus herramientas mientras las utilizaba. Eran ratas parlanchinas, iguales que la primera, y hablaban las unas con las otras, y él entendía lo que se decían. Se adueñaron de su dormitorio, se le metieron dentro de la cama y anidaron en la tetera, dentro de la cerveza, y hasta se encontró unas cuantas en las botas. Iba a casarse con la hija de un tratante de cereales, y al ir a entregarle un costurero que él mismo le había fabricado, una rata saltó fuera de él y le pegó a la prometida un susto de muerte, y cuando, al intentar consolarla, fue a pasarle el brazo alrededor de la cintura, otra rata se le descolgó por el brazo. Naturalmente, tuvieron que suspender el matrimonio, a pesar de que ya se habían hecho las amonestaciones dos veces, como bien atestiguará el sacristán, quien, al darle al párroco el libro en la segunda ocasión, siempre recordaría cómo una rata grande y gorda, que salió de quién sabe dónde, empezó a corretear sobre una de las hojas. (A estas alturas del relato, ya notaba cómo me recorría la espalda una cascada de ratas. Desde entonces, a ratos me he sentido morbosamente atemorizado de explorar mis propios bolsillos, convencido de que, rebuscando en ellos, daría sin duda con algún ejemplar o dos de esas alimañas.)

Tal vez piensen ustedes que aquello era bastante terrible para Chips, pero, a pesar de todo, no era lo peor que le pasaba. Él sabía, además, lo que hacían las ratas dondequiera que estuviesen. A veces, inopinadamente, rompía a llorar cuando estaba en la cantina por la noche.

—¡Oh! —decía—. ¡Expulsad a las ratas del cementerio de convictos! ¡No dejéis que hagan eso!

O bien:

—¡Hay una en el queso, en el piso de abajo!

O también:

—¡Hay un par de ellas olisqueando al bebé en el desván!

Y otras cosas por el estilo. Finalmente se volvió loco y perdió su empleo en el astillero y no pudo encontrar otro trabajo. Sin embargo, el rey Jorge andaba necesitado de hombres y en poco tiempo Chips se vio empleado como marinero. Una tarde le llevaron en un bote a su barco, fondeado en Spithead, que estaba listo para zarpar. La primera cosa que le vino a la cabeza al verlo fue el mascarón de proa del viejo navío del setenta y cuatro en el que se le apareció el Diablo. El barco se llamaba El Argonauta. Pasaron remando justo bajo la proa donde estaba el mascarón. Este representaba a un hombre con un vellocino en las manos y que llevaba puesto un manto azul mientras miraba hacia alta mar. Sentada sobre su frente, observándole, se encontraba la rata parlanchina.

—*¡Chips a la vista!* ¡Eh, viejo! ¡Nos zamparemos las tablas, la tripulación se ahogará y entonces nos la zamparemos también, enterita!

(Al llegar a este pasaje del relato me sentía desfallecer, y sin dudarlo habría pedido un vaso agua de no ser porque ya estaba sin habla.)

El barco se dirigía a las Indias («si ignoras dónde están, ya deberías saberlo; y si no, no irás nunca al Cielo». Aquella mujer me hizo sentir que mi condena en el futuro era segura). Tal como estaba previsto, el buque zarpó aquella misma noche y navegó y navegó sin parar en dirección a su destino. Chips se sentía fatal. Sin duda, nunca se había sentido tan aterrorizado. Un día, por fin, pidió permiso para hablar con el almirante. Al llegar junto al oficial, en el gran camarote que este ocupaba, Chips se postró de rodillas.

—Señoría, por su honor y sin pérdida de tiempo, haga regresar el barco a la costa más cercana. ¡Este buque está maldito y su nombre es Ataúd!

—Joven, he de decir que sus palabras parecen más bien las de un loco.

—No, señoría, ¡ellas están royendo y royendo ahora mismo!

—¿Ellas? ¿A quién se refiere?

—A las ratas, su señoría. ¡Solo quedarán agujeros y polvo donde ahora hay tablas de roble macizo! ¡Las ratas están cavando una tumba para cada hombre que está a bordo! ¡Ay! ¿Quiere su señoría volver a ver a su mujer y a sus preciosos hijos?

—Puede usted estar seguro de ello.

—Entonces, ¡por Dios todopoderoso, ponga rumbo al puerto más cercano! En este momento las ratas han parado de roer y le están observando a usted atentamente, con sus dientes desnudos, y se dicen entre ellas que jamás de los jamases volverá usted a ver a su familia.

—Mi pobre amigo, el suyo es un caso clínico. ¡Centinela, ocúpese de este hombre!

Así, se lo llevaron y lo sometieron a sangrías y lo trataron con ampollas. Estuvo así durante seis días enteros con sus noches. Transcurrido ese tiempo, Chips pidió de nuevo permiso para hablar con el almirante y este volvió a acceder a recibirlo. Se arrodilló de nuevo en el gran camarote.

—Bien, almirante, créame, ¡usted morirá! ¡No ha hecho caso de mis advertencias, y en consecuencia tiene que morir! Las ratas nunca se equivocan en sus cálculos. Me han dicho que a medianoche habrán atravesado ya el casco del barco. Así que vaya acostumbrándose a la idea: ¡morirá…! ¡Y yo también moriré, y todos los demás lo harán!

A las doce en punto se informó de que se había abierto una gran vía de agua en el navío. Un torrente imparable inundó el casco y nada pudo detenerlo. Se ahogaron todos y cada uno de los ocupantes del barco. Los restos de Chips —lo que dejaron las ratas, ratas de agua— flotaron hasta la orilla; sentada sobre su cadáver medio devorado navegaba una inmensa rata de tamaño descomunal que se reía como una loca. Cuando el cuerpo arribó a la playa, la rata se sumergió en el mar para no volver a salir nunca más. En los alrededores había una gran cantidad de algas. Si se cogen diecisiete de esas algas, se secan y se echan al fuego, sonarán con toda claridad estas diecisiete palabras:

¡La limonada es para el estío,
el astillero para el navío,
y algún día Chips será mío!

La misma muchacha que me contaba estos cuentos —posiblemente surgida de entre aquellas antiguas brasas terribles, que parecían haber existido con el único propósito de atribular las mentes de los hombres cuando empiezan a investigar los lenguajes— hacía un constante alarde que me obligó en gran medida a regresar a numerosos lugares espantosos cuya visita yo habría evitado por todos los medios. Pretendía convencerme de que todas aquellas historias de fantasmas habían tenido como protagonistas a sus propios parientes. El respeto debido hacia tan meritoria familia, por tanto, me impedía dudar de sus relatos, que en mi mente adquirían un tono de autenticidad que perjudicó de por vida mi digestión.

Otra de sus narraciones trataba sobre un animal sobrenatural, una criatura que era el mismísimo presagio de la muerte y que se le apareció en plena calle a una moza de servicio que «iba a buscar cerveza» para la cena. Al principio —ahora que lo recuerdo— la fiera se manifestaba bajo la guisa de un perro negrísimo que poco a poco se iba elevando sobre sus patas traseras y se iba hinchando hasta convertirse en un ser cuadrúpedo de sorprendente parecido a un hipopótamo, a cuya aparición yo apenas si podía dar crédito (no porque lo juzgase improbable, sino porque la criatura me parecía demasiado grande como para poder darle carta de naturaleza). Si bien Piedad, con su orgullo herido, replicó que la moza en cuestión era su propia cuñada en persona, así que yo sentí que no me quedaba otra alternativa que la de resignarme a aceptar aquel fenómeno zoológico como cierto.

Otra de sus historias, lo recuerdo bien, tenía como protagonista a una joven aparecida que salía de una urna de cristal y embrujaba a otra muchacha, a la que pedía que recuperase sus propios huesos (¡pensar que se preocupaba tanto por sus restos mortales, Dios mío!) y los metiese en la urna de cristal. Luego le exigía que los inhumase en cierto lugar que ella le indicaba, con toda la solemnidad y el boato que pudiesen comprar veinticuatro libras y diez chelines.

Personalmente, recuerdo que solía poner en duda aquella narración en concreto porque, aunque en casa teníamos unas cuantas urnas de cristal, y puesto que yo no estaba seguro del todo de poder librarme, si se me hubiera presentado el caso de una aparecida que me exigiese un entierro que costase veinticuatro libras y diez chelines, ¿cómo iba a permitírselo alguien como *yo*, cuya paga semanal ascendía a dos míseros peniques? Pero mi despiadada niñera, previendo mis objeciones, me quitaba de golpe la alfombra sobre la que se asentaban mis inocentes pies, y me informaba, imprimiendo a su voz un matiz de gran misterio, que la otra joven, aquella a quien se había hecho el terrible encargo del que hablaba la historia, no era otra que ella misma. Ante tal revelación, comprenderán ustedes que yo no fuera capaz de dudar de sus palabras. No era posible, sencillamente.

Estos son algunos de los viajes que, contra mi voluntad, me vi forzado a emprender cuando era muy joven y adolecía, por tanto, de gran capacidad de discernimiento. Viajes que no me aportaron nada bueno y que, ahora que me detengo a pensar en ello, no se produjeron hace tanto tiempo, dado que no hace mucho se me pidió que volviese, una vez más, a realizar alguno de ellos, siempre con imperturbable semblante.

EL NIÑO QUE SOÑÓ CON UNA ESTRELLA

Érase una vez un niño que había salido a dar un largo paseo mientras pensaba en muchas cosas. Tenía una hermana, pequeña como él, que le acompañaba siempre. Los dos juntos solían maravillarse todo el tiempo. Se asombraban de la belleza de las flores, de lo elevado y lo azul del cielo, de la profundidad de las aguas brillantes, y se maravillaban de la bondad y del poder de Dios que había creado aquel precioso mundo.

A veces se planteaban el uno al otro: «Suponiendo que todos los niños del mundo se muriesen, ¿se entristecerían las flores, el agua y el cielo?». Ellos creían que sí, pues, según decían, los brotes de las plantas eran como los niños de las flores; y los arroyuelos juguetones que brincaban colina abajo eran como los niños del agua; y los brillantes puntitos diminutos que jugaban toda la noche al escondite en el cielo debían de ser, seguramente, como los niños de las estrellas, y todos ellos se pondrían muy tristes si no volviesen a ver nunca más a sus amiguitos, los niños de los hombres.

Había una estrella clara y brillante que aparecía en el cielo antes que las demás, cerca de la aguja de la torre de la iglesia, sobre las tumbas del cementerio. Era más grande y más bella, pensaban los hermanos, que las otras; y cada noche los dos esperaban cogidos de la mano a que la estrellita apareciese junto a la ventana. El que la avistaba primero gritaba: «¡Ya veo la estrella!». A menudo lo hacían a la vez, pues sabían bien cuándo solía salir y por dónde. Y así, crecieron siendo tan amigos de ella que, antes de acostarse en sus camitas, volvían a asomarse otra vez para desearle buenas noches, y cuando se volvían para dormir decían: «¡Dios bendiga a la estrella!».

Sin embargo, siendo aún muy, muy pequeña, la hermana cayó enferma y se quedó tan débil que ya no podía levantarse para quedarse junto a la ventana cada noche con su hermano, y cuando el niño, que se levantaba solo y miraba triste hacia fuera, veía por fin salir la estrella, se volvía y le decía a la enfermita de rostro descolorido que estaba en la cama: «¡Veo la estrella!», y entonces ella sonreía y dejaba escapar con una débil vocecilla: «¡Dios bendiga a mi hermano y a la estrella!».

Muy pronto el niño se encontró mirando él solo por la ventana, y no había una carita en la cama, aunque sí, en cambio, una pequeña tumba, que antes no estaba allí y que estaba rodeada de muchas otras, y cuando la estrella enviaba sus alargados destellos hacia la tierra, él los veía velados a través de sus lágrimas.

Aquellos rayos eran tan brillantes y parecían señalar un camino tan fulgurante desde la tierra hasta el Cielo que cuando el niño volvía a su solitaria cama soñaba con la estrella, y esta le mandaba destellos.

Soñaba que, desde donde estaba acostado, podía contemplar una procesión de personas que unos ángeles conducían por aquella reluciente senda. Y la estrella, abriéndose del todo, le mostraba un mundo de luz en el que otros muchos ángeles les aguardaban para recibirlos.

Todos esos ángeles que esperaban volvían sus ojos refulgentes hacia las personas que eran guiadas hasta la estrella, y algunos se salían de las largas filas por las que eran conducidos y se lanzaban a los cuellos de la gente, besándoles con ternura, y se marchaban con ellos por avenidas luminosas, y eran tan felices juntos que el niño, tendido en su cama, lloraba de alegría.

Aunque había algunos ángeles que no se marchaban en compañía de nadie, y entre aquellos una cara que él reconocía: la cara de la enfermita que una vez había estado allí, en la cama, y que estaba ahora toda embellecida y radiante, aunque su corazón la encontró entre todos los que recibían a los demás.

El ángel de su hermana se demoraba cerca de la entrada a la estrella y le preguntaba a quien estuviera a cargo de organizar la fila: «¿Habéis visto a mi hermano?».

Y ellos le respondían: «No».

Ella ya se volvía cuando su hermano extendía los brazos y la llamaba: «¡Oh, hermanita! ¡Estoy aquí! ¡Llévame!». Y entonces ella se volvía y le iluminaba con su mirada, y se hacía de noche, y la estrella brillaba en la habitación, enviándole largos destellos mientras él la miraba entre lágrimas. Desde entonces, el niño miraba hacia la estrella como al hogar al que iría cuando llegase su hora, y pensaba que ya no pertenecía solo a la tierra, sino también a la estrella adonde el ángel de su hermana había viajado antes que él.

Y nació un bebé que habría de ser el hermanito del niño, y siendo tan pequeño que aún ni siquiera hablaba, cayó de su cama y falleció.

Volvió el niño a soñar con la estrella abierta y con la compañía de los ángeles con sus ojos relucientes vueltos hacia las caras de las personas.

Preguntó el ángel de su hermana al encargado: «¿Va a venir mi hermano?».

Y este le respondía: «No, ese no. Pero vendrá otro hermanito».

Mientras el niño contemplaba al ángel de su hermano acurrucado en los brazos de ella, gritaba: «¡Oh, hermanita, estoy aquí! ¡Llévame contigo!».

Y ella se volvía y le sonreía, y la estrella brillaba.

El niño creció hasta convertirse en un apuesto joven. Se hallaba un día ocupado con sus libros cuando un criado llegó y le dijo: «Su madre ha fallecido. Traigo sus bendiciones para su querido hijo».

De nuevo vio la estrella por la noche y a toda aquella compañía. Preguntaba el ángel de su hermana a quien estaba al cargo: «¿Viene mi hermano?».

Y le decían: «No, es tu madre».

Un poderoso grito de alegría atravesó la estrella cuando la madre se reunió con sus dos hijos. Y el muchacho extendía los brazos, llamando: «¡Oh, madre, hermanos, aquí estoy! ¡Llevadme con vosotros!».

Ellos le respondían: «Todavía no», y la estrella brillaba.

El joven se hizo un hombre y su pelo empezó a encanecer. Estaba un día sentado junto al fuego, apesadumbrado y con el rostro surcado por el llanto, cuando la estrella se abrió una vez más.

Preguntó el ángel de su hermana: «¿Viene ya mi hermano?».

Y le respondían: «No, esta vez es su querida hijita».

Y el hombre, que un día había sido niño, vio a su hija recién perdida como una criatura celestial entre aquellos tres ángeles que la circundaban, y dijo: «La cabeza de mi hija reposa sobre el pecho de mi hermana, y su brazo está alrededor del cuello de mi madre, y a sus pies se encuentra aquel bebé de los viejos tiempos, y yo no puedo soportar separarme de ella, ¡alabado sea Dios!».

Y la estrella brillaba.

Entonces el niño se volvió anciano y su antaño suave rostro se arrugó, y sus pasos se volvieron lentos y débiles, y su espalda se encorvó. Y una noche, mientras yacía postrado en su cama rodeado de sus hijos, gritó, como ya lo hiciera tanto tiempo antes: «¡Veo la estrella!».

Ellos se susurraban entre sí: «Se está muriendo».

Les respondió: «Así es. Se me caen los años como una prenda desgastada y me dirijo hacia la estrella como un niño. Y, ¡oh, Padre mío! ¡Ahora te agradezco que se abra con tanta suavidad para encontrarme con aquellos que me esperan!».

Y la estrella brillaba, y aún hoy sigue brillando sobre su tumba.

ÍNDICE